書下ろし

桜流し

ぶらり笙《しょう》太《た》郎《ろう》江戸綴《つづ》り②

いずみ光

社文庫

目次

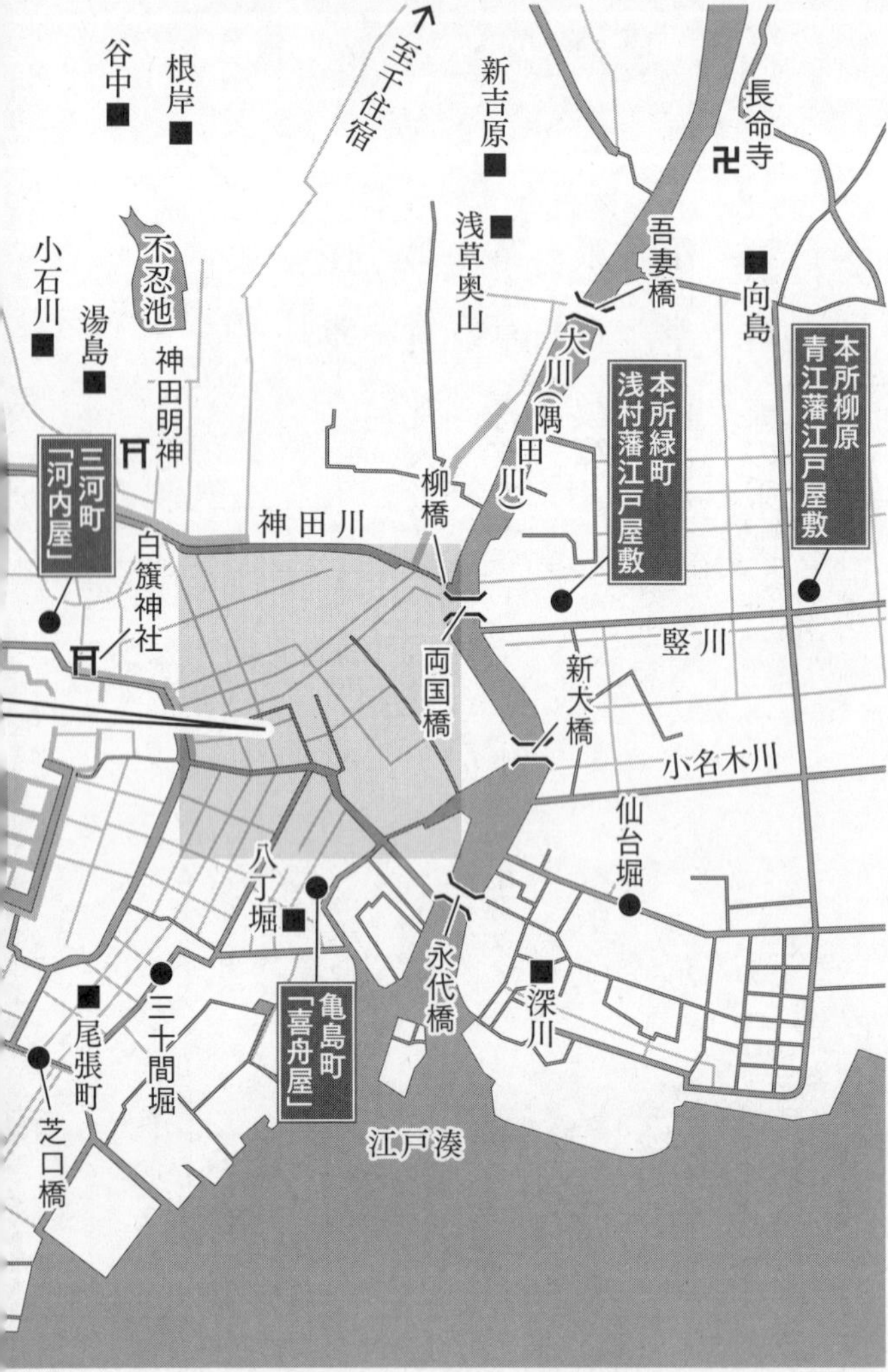
谷中
根岸
至千住宿
新吉原
長命寺
浅草奥山
不忍池
小石川
湯島
神田明神
吾妻橋
向島
大川（隅田川）
本所緑町
浅村藩江戸屋敷
本所柳原
青江藩江戸屋敷
三河町
「河内屋」
柳橋
神田川
白籏神社
竪川
両国橋
新大橋
小名木川
仙台堀
八丁堀
永代橋
深川
亀島町
「喜舟屋」
三十間堀
尾張町
芝口橋
江戸湊

「桜流し」の舞台

浜町堀界隈
柳原通り
和泉橋
久右衛門町
小伝馬町
馬喰町
両国広小路
伊勢町「八十八屋」
牢屋敷
二丁目
掘留町
千鳥橋
薬研堀
元柳橋
東堀留川
小網町
浜町堀
浜町秋草藩江戸屋敷
日本橋
茅場町
日本橋川
松島町
北
東
西
南
市谷左内坂誠心寺
表四番町若生家
江戸城
西の丸下老中・真部の屋敷
愛宕神社
麻布
三田
増上寺
麻布広尾町「播州屋」

序章

師走《しわす》というのに、朝から遠く神鳴《かみな》りが轟《とどろ》いていた。

男は半裃《はんがみしも》に着替えると、用人も腰元も遠ざけ、独《ひと》り、自室の前の濡《ぬ》れ縁《えん》に端座した。

中庭は、一面の雪である。

男は、今日のこの日を一日千秋《いちじつせんしゅう》の思いで待ち望んでいた。

このために、一体どれほどの犠牲《ぎせい》を払ったことか。莫大《ばくだい》な金、三年にも及ぶ終わりの見えぬ苦難の日々。

喜びを分かち合うはずだった二人の腹心も失っていた。

だが、すべては今日報《むく》われるのだ。今日が人生の佳《よ》き日、晴れの日になると、男は信じていた。

日暮れ近くになっても、とうとう待ち望んだ使者は来なかった。

かわりに廊下を音高く踏み鳴らす音が聞こえ、障子《しようじ》に影が揺れた。

その者のもたらした報《しら》せは、男を奈落《ならく》の底に突き落とした。

男の望みは叶《かな》えられなかった。これからも叶うことはないだろう。これまで数えきれぬほどの理不尽《りふじん》に耐《た》えてきた。あれは何だったのだ。

男は絶望の淵《ふち》に呑まれていった。


夜中に目が覚めた。

「誰かいるのか」

男はそろっと体を起こすと、そのまま這って行き、障子を開け、さらに廊下に出て、雨戸も細く開けた。

すると、月明かりの照らす庭の前栽《せんざい》の傍《かたわ》らに、中年の武士が微笑《ほほえ》みを湛《たた》えて立っていた。

「恭一郎《きよういちろう》、恭一郎ではないか」

男は転げ落ちるように、裸足《はだし》のまま庭に下りた。

「体はもういいのか」

その武士は黙って頷《うなず》き返すと、一方へと男を誘《いざな》った。

「市兵衛《いちべえ》も来ているのだな」

男は誘われるまま、その武士の跡を従《つ》いて行った。

「ふたりともよう参った。見るがよい、桜が満開じゃ」

裸の木が黒い影を落とす、足跡一つついていない雪の道を、小躍《こおど》りしながら歩いた。

「恭一郎、市兵衛、待ってくれ。あははは、愉快じゃ、愉快じゃ」

何処《いずこ》からか、笛太鼓の鳴る音に唄声が入り混じって聴こえてきた。

男は、ひたすら雪を蹴《け》立《た》てて突き進んだ。

いつしか大川《おおかわ》に出た。

「恭一郎、市兵衛……」

男は高笑いしながら凍るような川に足を踏み入れていった。

腰まで浸《つ》かり、やがて、肩から首まで浸かったと見えた次の瞬間、深みに足を取られ、一瞬のうちに水の中に消えた。

無念の極みのなか、男の命の火が燃え尽きた。

第一章　乱入者

一

「おはようございます」

叶笙太郎《かのうしようたろう》は敷居際に掛かる小振りの暖簾《のれん》を割って、台所の居間に顔を出した。

朝餉《あさげ》が用意された居間には、柔らかな朝の日差しが射し込んでいて、磨《みが》き抜かれた床板が目映《まばゆ》く光を撥《は》ね返していた。

居間にはすでに、隠居の父、久右衛門《きゆうえもん》、母、多恵《たえ》、そして妻の千春《ちはる》が着座し、板の間の端に下女のお静《しず》も控えていて、

「おはようございます」

と、明るい声が返った。

「爽《さわ》やかな日差しですね」

「本当にありがたいことです」

多恵が東の方角に向かい、今日一日の平穏を祈るように手を合わせると、皆も倣《なら》って優しい眼差《まなざ》しを向けた。

こうして、叶家の常と変わらぬ慎《つつ》ましやかな一日が始まった……かに見えた。

だが、笙太郎は居間に踏み入れた足を止めて、思わず目を凝《こ》らした。

いつの間にか笙太郎の膳の前に何者かが座っていたのである。

「誰ですか」

思わず口を突いて出た笙太郎の言葉に、座っていた男が振り向いて、「よお」と手を上げた。

白髪《しらが》頭と、髪をひっつめて結った髷《まげ》、長くて白い眉《まゆ》、白地の絹の着流し、紺地の襟《えり》と帯には金糸銀糸の刺繍《ししゅう》が施されている。そして、腰に帯びた脇差《わきざし》の鞘《さや》は気品ある青貝散らしである。

その身形《みなり》は明らかに武士であり、それも、かなり身分格式のある人物と察せられた。

つられて、思わず手を上げてしまった笙太郎に、その場の一同の訝《いぶか》しげな視線が集まった。

「ここは、そちの席であったか、すまぬすまぬ」

老武士は初めて気づいたように言うと、ずかずかと、膳を踏みつけるようにして、向かいに並ぶ久右衛門と多恵の背後に胡座《あぐら》を掻《か》いて笑った。

「出ましたね」

筮太郎が小声で言い、着座すると、お静が温かい飯と湯気の立つ味噌汁を膳に置いた。

「いただきます」

筮太郎に皆が唱和した。

「いい匂《にお》いじゃな。具は豆腐と若布《わかめ》か。月並みじゃな。だが、わしもこれが一番好きじゃ」

老武士が鼻を鳴らした。

「幽霊は、匂いを嗅《か》ぐことはできるのですか」

筮太郎が問いかけると、黙々と食べていた千春らが、誰からともなく顔を見合わせた。筮太郎がなぜ急に幽霊のことなど口にしたのか、誰もが戸惑《とまど》っている。

「当たり前だ。だが、無念だが、腹の虫は鳴らぬのだ」

老武士が答えた。

幽霊は匂いを嗅いでも空腹を感じないのか。また一つ幽霊についてわかった。

「如何《いかが》致しましたか、筌太郎。朝から幽霊の話など持ち出して」

多恵が訝ると、みな同じ思いなのだろう、一同の視線が筌太郎に集まった。

「いえ、ちょっと昨夜の夢を思い出したものですから」

筌太郎は曖昧《あいまい》に言い繕《つくろ》った。

「めざしが香ばしくて旨《うま》い」

久右衛門が多恵に笑みを向けた。

「めざしと申すのか。その食うのにてこずりそうな貧相な魚は。それにしても、粗末な物を食しておるの」

久右衛門がめざしを齧《かじ》るのを覗《のぞ》き込んでいた老武士が、心ない言い方をして、眉をひそめた。

「朝から鯛《たい》でも召し上がっておられましたか」

筌太郎が、ちくりと、言い返した。

「まあな。だが、毒味役が味見してから故《ゆえ》、いつも冷めておる。熱くて香ばしい奴をほくほくと食いたかったの」

「左様な罰当たりを申してはなりません」

「わしの何処《どこ》が罰当たりなのだ、笙太郎。笙太郎」

二度名を呼ばれて気がついた。

「えっ、如何なされましたか」

笙太郎はなぜ久右衛門が気色《けしき》ばんでいるのかわからず、戸惑った。

「聞いていなかったのですか、今の話を」

多恵が心配そうな顔をした。

「すみません、ちょっと考えごとをしておりました」

「誰かと話しているようにも思えましたが、独《ひと》り言でしたか」

「はあ、どうも夢見が悪かったようで」

笙太郎は取り繕った。

すると、退屈しのぎか、老武士が叶家の面々の品定めを始めた。

――そちの内儀はなかなか利発で気立てもよさそうじゃ。良い嫁をもらった。

――頑固そうな亭主に仕える健気《けなげ》な妻か。二人ともそちと似ておらぬな。

――下女は、ま、十人並みじゃな。

といった塩梅《あんばい》である。

「何じゃ、黙々と食いおって。怒っておるのか。これしきのことで腹を立てていては世間は通らぬぞ……人が食している様を見ておっても退屈じゃな。また会おう」

老武士は言いたい放題言って立ち上がると、庭先に向かって歩き出した。

「それにしてもむさ苦しいの、わしの屋敷の雪隠《せっちん》より狭い」

止《とど》めの悪態を吐《つ》いて、やがて、消えた。

――幽霊もいろいろ、ですか。

うんざりとして見送る笙太郎を、千春が箸を止めて見ていた。

久右衛門と多恵も、案じ顔で目を見交《みか》わしていた。

「旦那様《だんなさま》」

食事を終え、自室に戻る廊下で、千春が小声で訊いてきた。

「出たのでございますね」

「わかりましたか」

笙太郎も小声で返して自室に入った。

千春は、誰もいないのを確かめるような仕草をして、そっと、障子《しょうじ》を閉じた。

「どのような幽霊がいたのですか、あの台所に」

笙太郎の前に膝《ひざ》を折った千春が声をひそめた。

そう、笙太郎には幽霊が見えるのである。

そのことを千春だけには打ち明けており、千春は笙太郎の言葉を信じていた。

「おそらく大名か大身の旗本、それなりに身分の高い人物でした。めざしを見て、粗末な物を食しておるなと言っておりましたから」

「まあ、罰当たりなことを」

「死んでも殿様気分は抜けないものなのでしょう」

「左様な御方でしたか。幽霊が見えるというのも、何かと大変でございますね。旦那様は幽霊に慕《した》われるのでしょうか」

千春が口許に手をやり、小さく笑った。

「千春、笑いごとではありませんよ」

笙太郎は苦笑した。

それにしても、あの老武士の幽霊はいきなり現われたものではないか。それも朝餉の席にずかずかと。

いったい、何者だろうか。そして、なぜ、笙太郎の前に現われたのだろうか。

思い当たる答えは一つだった。

江戸詰の家臣らが廊下で同僚と顔を合わせると、一様に笑みを浮かべ、「いよいよですな」「そうですな」と、さながら赤穂浪士《あこうろうし》の「山と河」の合い言葉のように、にこやかに言葉を交わしては行き過ぎた。

言葉を交わさぬまでも、笑みを浮かべて頷《うなず》き合う。阿吽《あうん》の呼吸である。

家臣らの心を浮き立たせるのには理由《わけ》があった。

それは、今日あたり、およそ半年ぶりに国許から船が着く手筈《てはず》になっていたからなのである。

その船には、藩御用の品や江戸で販売する特産品と一緒に、国許に残した家族親戚からの便りや土産物が積み込まれている。

江戸詰の家臣らはそれを何より心待ちにしているのである。

手紙や衣類などの贈り物が江戸屋敷に運び込まれると、江戸詰の家臣らには賑《にぎ》やかで心浮き立つ、叶家のように江戸雇いの者にとっては、羨《うらや》ましく、少しばかり寂しい一日となる。

御役目の始まる時刻の四つ（午前十時頃）にはいくらか時がある。

ゆっくりと熱い茶を喫《きっ》している者、硯《すずり》で墨《すみ》を摩《す》る者、算盤《そろばん》に滑《すべ》らし粉を振っている者、文机《ふづくえ》の足の下に折り畳んだ紙を噛《か》ましている者、棚の前で帳簿を繰っている者など、早目に出仕した家臣らが、思い思いに時を過ごしていた。

中には、鼻毛を抜いている無精者《ぶしょう》もいた。

勝手方の御用部屋に入ると、筆太郎の文机の前に、納戸方《なんどがた》の保川千之丞《やすかわせんのじょう》がいた。

手に伝票を握りしめ、不機嫌そうな顔で貧乏揺すりをしている。

若い頃は藩内きっての色男と持て囃《はや》された保川も、年月を経て頬《ほお》は膨《ふく》らみ、髪も薄くなって、かつての面影《おもかげ》はない。

「お早いですね」

声をかけると、保川は返事もせず横を向いたままである。

保川の用件は百も承知だが、筆太郎は気を悪くせず、文机の前に座った。

御役目始めの四つ（午前十時頃）を告げる大太鼓が太鼓打ちによって高らかに打ち鳴らされるや否《いな》や、それまで一言も口を利かず横を向いていた保川が握り締めていた伝票を文机に叩き付けた。

「通してもらおうか」

その伝票は筆太郎が認められないと突き返したものだった。

筆太郎の御役目は勝手方である。藩が購入した物品の品目、数量、仕入れ先、価格、支払い日などを記した伝票を厳しく監査するのが御役目である。

「何度お運びいただきましても、これを通すわけには参りません。なぜ、このような高値で水油を購入なされたのですか」

「要《い》るものは要るからだ」

「千之丞様、あの折に私ははっきりと申し上げたはずです。あと二十日もすれば国許から船が着くゆえ、それまでは倹約に努めましょうと。それはお留守居役からのお達しでもあったではありませんか」

保川が粘り、押し問答を繰り返したが、その度に笙太郎が筋道立てて説明するので、保川はいよいよ、ぐうの音も出なくなり、憤然《ふんぜん》と引き上げて行った。

まもなく江戸に着く船には水油も積まれており、それが届けば江戸屋敷の油不足も一息つくはずである。

七つ（午後二時頃）に御役目を終えて御用部屋を下がると、笙太郎は普段着に着替えて出かけた。

ある者に会って、確かめるためである。

笙太郎が向かった先は、誠心寺《じょうしんじ》である。

誠心寺は市谷左内坂《いちがやさないざか》の近くにある隠れた古刹《こさつ》で、寺の住職は鉄心《てっしん》と言い、笙太郎の育ての親である久右衛門と多恵とは永年の交わりがある。なだらかな石畳の道を進むと、その麓《ふもと》に苔《こけ》むした一対の石灯籠《いしどうろう》が建つ長い石段が見えてきた。

五十段ほどある長い石段の上には、これまた古びた山門が建っている。

その山門を振り仰ぐと、笙太郎はゆっくりと石段を上り始めた。

左手に樹齢を重ねた大楠《おおくすのき》が枝葉を広げ、周囲に大きな影を落としている。

その木の高さは優に六丈（約一八メートル）はあるだろうか。節くれ立った幹《みき》と太く逞《たくま》しい根を四方八方に張っている。

石段の途中まで上った時である。

〽かんかんのう　きゅうれんす
　きゅうはきゅうれんす　さんしょならえ

若い女の透き通るような綺麗《きれい》な唄声が降って来た。

「琴《こと》ですね、顔を見せてください」

「笙兄さん、ここよ、ここ」

その声は境内《けいだい》の方から聴こえた。

笙太郎は石段を上り詰め、山門をくぐって境内に出た。

境内の中央には本堂があり、本堂のほかには、小さな鐘楼《しょうろう》と絵馬堂がある。

辺りを見回して、笙太郎は呆《あき》れて腕組みをした。

本堂の甍《いらか》の上に腹這《はらば》いになり、頬杖《ほおづえ》を突いている若い娘の姿が目に入ったからである。

娘が眺めていたのは、鐘楼の側に植えられている枝垂《しだ》れの一本桜だった。

優美な枝ぶりだが、今はまだ、蕾が生まれたばかりである。

「琴、何ですか行儀の悪い。罰が当たりますよ」

笙太郎が柔らかくたしなめると、琴と呼ばれた娘がふわりと降り立った。

髪を後ろで束ね、着物の裾《すそ》が短めの瑞々《みずみず》しい十七歳の姿である。

「琴と同じ〈さきのよびと〉が現われましたよ」

「ごめんね、笙兄さん。あの爺《じい》さん、本当に世間知らずなの。お説教してあげたのよ」

琴は笙太郎の双子の妹で、幽霊である。

だが、幽霊と呼ばれるのを嫌った。そこで、笙太郎が、先の世の者という意味で〈さきのよびと〉と呼ぶようにしたのである。

琴はその呼称を気に入ってくれている。

「誰ですか、あの人は」

「身分のあった人だと思うけど、偏屈《へんくつ》で、訊いても教えないの。心当たりあたってみる」

「あの御仁《ごじん》のお蔭でこの誠心寺に足を運べました。何より琴の元気な顔を見ることができてよかった」

笙太郎の偽《いつわ》らざる気持ちだった。

何しろ、琴ばかりでなく、今朝の老武士のように、〈さきのよびと〉は前触れもなくその姿を現わすからである。

「ありがとう。久しぶりね、笙兄さん。千春さんと仲良くしているのね」

「楽しく暮らしています」

「よかった」

亡き母、信乃《しの》と琴の墓がここ誠心寺にある。

笙太郎は無事に生まれたが、琴は死産だった。

母の信乃は、この世に生を享《う》けられなかったわが子を憐《あわ》れみ、せめて名だけでもと、死産の女児に「琴」と名付けたのだった。

母とともに葬《ほうむ》られた墓の墓標には琴の名も記されている。

だが、琴は成仏《じょうぶつ》しておらず、その魂《たましい》がこうして彷徨《さまよ》っているのである。

琴の身形が十七歳の姿をしているのは、十七歳の若さでこの世を去った母、信乃の願いの表われではないかと、笙太郎は考えている。

「ここの和尚《おしょう》、いつも言っているわ。『仏、ほっとけと申しますからな』って。自分がお勤めを怠《なま》けているだけのくせして」

「手厳しいですね、琴は」

肩を竦《すく》める琴を見て、笙太郎は苦笑いした。

「ところで、琴。さっき、変わった唄を唄っていましたね、あれは何という唄ですか」

「わからない。でも、耳に馴染《なじ》んでいて、何かの弾みで、つい、口ずさんでしまうの」

「戯《ざ》れ唄の類《たぐい》でしょうから、武家の娘だった母上が唄っていたとは思われませんね」

「何処かで聞いたのね、きっと……爺さんのこと、調べてみるね」

さわさわと風が吹き渡って、琴の姿が消えた。

笙太郎は山門の下まで戻って石段を眺めた。

亡き母の信乃が身重で苦しんでいたのは、石段の途中にある大楠の下だった。

その信乃をみつけて介抱したのが、若き日の久右衛門と多恵であり、寺の住職の鉄心だった。

この大楠の木の下は、笙太郎と琴の生誕の地と言ってもいい場所なのである。

笙太郎は庫裡《くり》に向かった。

庫裡の入口に備え付けられている銅鑼《どら》を銅鑼桴《どらばち》で叩いた。

すると、室内で大欠伸《おおあくび》をする声が聴こえ、戸が開いた。

「おう、笙太郎さんではないか、久しぶりですな」

目鼻立ちの大きい僧が顔を覗かせた。鉄心である。

「わしは涙目になっておるかの？　なっておろう。それはだな、檀家から胸を打つ文をもらってな、もらい泣きをしておったのだ」

「どんな文ですか」

「まあよいではないか」

笙太郎の言葉が終わるか終わらぬうちに、鉄心はぶっきら棒に言い、話を逸《そ》らそうとした。

その一言ですぐに、胸を打つ文など昼寝の言い訳の作り話だとわかり、笙太郎は噴き出すのをやっと思いで堪《こら》えた。

「いい天気だ、墓参りでもして行きなされ」

鉄心は惚《とぼ》け顔で追い立てるような手つきをした。

すぐにわかってしまう嘘や言い訳を懲《こ》りずに口にする生臭坊主の鉄心だが、憎めない人物であり、亡き母を介抱し、笙太郎がこの世に生を享けることができた大事な命の恩人なのである。

誠心寺を後にして、笙太郎は永代橋《えいたいばし》にやって来た。

そろそろ国許からの船が江戸《えど》湊《みなと》に入る頃で、笙太郎はその勇姿を出迎えたいと思ったのである。

風をはらんだ白い帆をはためかせて犇《ひし》めき合う大小の出船、入船。

碇《いかり》を下ろした大型船に積み込む荷を運ぶ小舟と、船から下ろした荷を積んで、春うららの大川《おおかわ》を遡《さかのぼ》ろうとする小舟とが行き交う。

船の上、陸の上で働く、日焼けして赤銅色《しやくどう》の男たちの筋肉が躍動し、力強い声が此処其処《ここそこ》に響き渡る。

永代橋に立つと、江戸湊の活況を目の当たりにすることができる。

湊に入った船にはいずれも、江戸の人々の暮らしに欠かせない品々が積まれているのだ。

目に沁《し》みる白い帆は、額《ひたい》に汗して働く人々の真心を顕《あらわ》しているかのようだ。

風雨に晒《さら》されて黒ずんだ帆は、長く険しい航海の苦難を滲《にじ》ませている。

いずれを目にしても、頭が下がり、胸の奥がつんと熱くなる。

笙太郎は、秋草藩の蔵元「八十八屋《やそはち》」の船を探した。

蔵元とは、大名が領地米の換金を委託する業者のことである。旗本の場合の札差に当たる。米ばかりでなく、藩の特産品などの物品を広く販売して、藩の経済を支えるという大事な役割も担っていた。

橋の西詰から、小柄だが、がっしりとした体つきの武士が、顎《あご》を撫《な》でながらやって来るのが見えた。顎を撫でるいつもの仕草で、男が藩の目付の村瀬勲四郎《むらせくんしろう》だとすぐにわかった。

村瀬は目付という御役目柄、八十八屋の船が着いて積荷を下ろす際にはいつも立ち会っている。

「菜種油の荷下ろしが漸《ようや》く終わりそうだな」

それが村瀬の第一声だった。

そう言われれば、笙太郎がこの橋に来てからずっと、菜種油特有の辛子《からし》のような匂いが風に乗って渡って来ていた。荷下ろしが活況の船を目顔で指して、

「播州《ばんしゆう》屋の船だ。播州屋は安房青江《あわあおえ》藩の蔵元で、江戸で水油問屋を開いている。上方に菜種を作付けするための畑を持っているそうだ」

村瀬はさらりと言ってのけた。

目付だけあって何でもよく知っていると、感心する笙太郎である。

「それにしても、菜種油の荷下ろしは人が多い」

菜種油の荷下ろしは、携《たずさ》わる店の者や人足の数が夥《おびただ》しく、藩の家中の数も多い。昼間でも多くの人数が荷下ろしに携わるのは偏《ひとえ》に引火が怖いからである。

菜種油は水油とも呼ばれ、人々の暮らしに欠くことのできない最も大事な品の一つである。水油の価格は米の十倍、酒の二倍もするので、庶民にはふんだんに使うことはできない貴重な品である。その暮らしの宝を、不注意から炎と煤《すす》と煙にしてしまうなど、誰しもが耐えられないことである。

「いま運び込んでいる水油は今年の物ではないですね」

「おそらく貯蔵していた物だろう」

菜種は、秋に種を播《ま》き、冬を越し、翌年の春に収穫する。今年収穫した菜種で作る水油は今少し先の出荷になるだろう。

「少しでも水油の値が下がればいいのですが。今の時季にこう水油が不足していては、夏場が案じられます」

水油は冬場よりも、日が長い夏場の方が需要《じゆよう》が増えるのである。

水油の品不足、いわゆる〈油切れ〉は今年の冬のみならず、昨年の夏場は殊《こと》の外《ほか》に深刻だった。

「だが、ここ数年、菜種の作付けが悪いという話は聞かぬ。ということは、どこぞの根性の良くない商人が買い占め、売り惜しみをしているとしか考えられぬ」

村瀬が忌々《いまいま》しげに口許を尖《とが》らせた。

「村瀬様」

笙太郎が声を弾ませて沖合を指差した。

「おお、来おった、来おった」

村瀬も顔を綻《ほころ》ばせた。

白帆に「米」の一文字を黒々と染め抜いた船がその勇壮な姿を見せた。秋草藩御用の蔵元、八十八屋の船で、自慢の三百五十石の大型船である。笙太郎と村瀬は並んで欄干《らんかん》に凭《もた》れて、眺め入った。はるばると大海原《おおうなばら》を渡って来たその雄姿を目にすると、晴れがましい気分と、敬意を表したい気持ちが交錯した。

その時、背後で、下駄《げた》の音が高く鳴り響いた。振り向くと、橋の東詰の方角から、きりっとした顔立ちの三十路《みそじ》がらみの女が血相を変えて駆けて来た。

女は笙太郎の脇をすり抜けると、往来する通行人に突き当たりながら人波をかき分けて西詰に向かった。

笙太郎の傍《かたわ》らを通り過ぎる時に、「あんた、待って……」という女の呟《つぶや》きが聞こえた。

女は途中で立ち止まると、欄干から身を乗り出すようにした。何処かに亭主の姿でも認めたのか、女は再び、これまで以上に音高く下駄を鳴らし、着物の裾を翻《ひるがえ》しながら橋の西詰に向かって駆けて行った。

やがて、橋を渡り終え、川沿いの道を駆ける女の姿が目に入った。

ところが、女は急に足を止めて立ち止まり、そこらの小石を蹴った。

どうやら見失ったようだ。

女は、そこにやって来た町方同心に駆け寄ると、同心の胸倉《むなぐら》を摑《つか》み、髪を振り乱しながら懸命に何かを訴え始めた。

叫び声に近い甲高《かんだか》い声が断片的にここまで届くが、何を言っているかまでは聞き取れない。

すると、暴言でも吐いたのだろうか、女は同心に張り飛ばされ、そのまま川に転がり落ちて水音を立てた。

筌太郎はひやりとして思わず欄干から身を乗り出した。自分もかつて川に落とされたことのある身でもあり、他人事ではなかった。

女は気丈にも自力で岸に這い上がった。履いていた下駄は失い、濡《ぬ》れ鼠《ねずみ》である。それでも尚、同心に食らいついていった。

女は同心の怒声を浴び、同心に付き従っていた下引きに取り押さえられた。首根っこを摑まれ、引《ひ》き摺《ず》られるようにして連行されて行った。

橋の上で脇をすり抜けた折に小さく洩《も》らした「あんた、待って」という女の声が筌太郎の耳に残った。

二

この日、笙太郎は三田《みた》に向かっていた。

日記帖の紙が残り少なくなってきたので、今日は買い溜めするつもりである。

笙太郎の道楽は町歩きで、もう十年以上も続けている。

町歩きに出かける時には必ず手作りの日記帖を携える。その日訪れた寺社、史跡や景勝地、流行《はや》りの飲食の店や物の値段、そして、その土地土地で見聞した事柄を、挿絵《さしえ》を交えて日々書き記している。

笙太郎の部屋の壁面に設《しつら》えた棚には、溜まった十年分の日記帖がびっしりと並べられていた。

馴染みの紙問屋は神田神保町《かんだじんぼうちよう》にあるのだが、三田に行こうと思い立ったのには理由《わけ》があった。

三田に近づくにつれて、燻《くすぶ》るような臭いが鼻をついた。それは坤《ひつじさる》の方角から吹いてくる微風が運んで来た。

町の者に訊くと、昨夜、大火事があり、火は折からの強風で燃え広がり、漸く鎮火したのは夜が明けてからだったという。燃え残って建ち並ぶ土蔵が途切れると、いきなり、焼け野原が眼前に現われた。

焼き尽くされた、という表現がぴったりである。黒く焼け焦げ、燃え落ちた世界には、今も、其処彼処《そこかしこ》から白い煙が立ち上っている。

町の衆や人足、町火消などが、長い棍棒《こんぼう》や鳶口《とびぐち》などを使い、残り火を消しながら、少しずつ片付けを始めている。火がすっかり消えなければ、行方不明者の捜索はできない。それらが済んでから地均《じなら》しをして、家屋敷の再建が始まるのである。

焼け跡にぽつんと立ち尽くす武家の少年の姿があった。

十歳になる、千春の弟の望月圭一郎《もちづきけいいちろう》である。

「圭一郎」

「義兄上《あにうえ》。お店が何処にあったのか、皆目わかりません」

「働きに参ったのか……酷《ひど》い火事だったのだな」

「義兄上は何かご用事だったのですか」

「日記帖の紙を購《あがな》いに参ったのだ。序《つい》でに、圭一郎たちの働く様子でも見ようと思ってな」

圭一郎はこの三田にあった紙問屋で働いていたのである。

妻の千春には出戻りの姉と圭一郎を始めとして六人の姉妹がいた。

千春の父の望月五左衛門《ござえもん》は安房浅村《あさむら》藩一万石で納戸方を務め、四十五石を賜《たまわ》っていた。

五左衛門の俸禄《ほうろく》だけでは、七人姉弟、八人の大所帯が口に糊《のり》するのはさすがに苦しく、嫁ぐ前の千春が古着の仕立て直しなどの内職をして家計を支えていた。

自分が嫁ぐと父や家族が困るだろうと躊躇《ためら》い、笙太郎との縁談も一度は断わりを入れてきた。

そんな家族思いの心優しい姉の千春を何とかして嫁がせてやりたいと、弟の圭一郎らはある出来事で知り合った紙問屋の主《あるじ》に頼み込み、働かせてもらえることになったのである。

わずかとはいえ収入が得られることになり、千春も安心して笙太郎に嫁いだ、そんな経緯があった。

だが、その紙問屋も、昨夜の火事で店が全焼したようだ。

「実入りを得る手立てがなくなってしまいました」

圭一郎が落胆を浮かべた。

「力を落とすな、圭一郎。私も千春も、私の父と母も皆、圭一郎たちを支援する。何か良い働き口がないか、人に頼んでみよう」

「よろしくお願い致します」

「お店の主に大事がなければよいがな」

笙太郎は改めて無惨な焼け跡を眺め渡した。

ふと、気に懸かる後ろ姿が一つ。

黒紋付に袴。その立派な身形から、何《いず》れかの大店の主のようだ。自分の店が焼け落ちて、呆然《ぼうぜん》と立ち尽くしているのかと思ったが、黒紋付という出《い》で立《た》ちは、焼け出された者の身形ではなく、場違いな印象である。

そこへ、同じく黒紋付の男がやって来た。立ち尽くしていた男に一言二言言葉をかけ、肩に手を回すようにして、二人は連れ立って焼け残った近くの会所に向かった。

去り際、立ち尽くしていた男がこちらを向いたので、その顔がはっきりと見えた。

笙太郎はその男の顔を見て戸惑いを覚えた。

男の表情は失意や落胆とは異なり、むしろ怒りであり、何かを睨《にら》みつけるような目をしていたからである。


三田からの帰途、圭一郎と別れた笙太郎は愛宕《あたご》神社に立ち寄った。

桜の名所でもある愛宕神社は、徳川幕府開祖の家康の命令で、火の神、火産霊命《ほむすびのみこと》が祀《まつ》られた火伏せの社である。

社殿の前に設《もう》けられた「茅《ち》の輪」をくぐると千日分の御利益があると言われる「千日詣り」は愛宕神社の水無月《みなづき》(六月)の風物詩としてよく知られるが、ほおずき市、羽子板《はごいた》市は、実は愛宕神社が発祥である。

笙太郎はここで、火事で被災した人々を陰ながら見舞い、火難除けのお参りをした。

お参りを済ませて、男坂、通称、出世の石段を下り始めた時である。

石段の下に、一際目を惹《ひ》く一行が姿を見せ、石段を上り始めた。揃《そろ》いの黒の紋付に袴という出で立ちの、二十人近い一団である。その身形と身のこなしから、何《いず》れか大店《おおだな》の主らと思われた。

一行を率いるのは、小柄だが眼光鋭く、顎の剃《そ》り跡《あと》が青い男である。

その男の後ろには、二人の男が小さな輦台《れんだい》のような物を担ぎ、その上には千両箱が一つ載っている。

笙太郎が道を避《よ》けた。

すると、先頭の顎の剃り跡の青い男が、

「お武家様に道を避けていただくなどとんだ失礼を致しました。申し訳ございません。皆さん、右に寄ってください、参拝の方ですよ」

一同を振り返りながら手で脇に寄るよう指示した。

「寄進《きしん》ですか」

笙太郎は先頭の男に訊いた。

千両箱を載せた台には貼り紙がしてあり、

「奉納　水油問屋並びに材木問屋有志一同」

と書かれていた。

「左様でございます。昨今、火事が多うございますので、神様に火伏せのお願いを」

「それは殊勝な」

千両箱が台から滑《すべ》り落ちた。

「縁起でもない」

冷ややかに見据えていた。

急いで千両箱を台に載せた。

「ごめんくださいまし」

男が歩き出した直後である。

台を運んでいた男の一人が蹟《つまず》いて、千両箱が台から滑《すべ》り落ちた。

「何をしているのですか、木曾《きそ》屋さん。縁起でもない」

男は笑ってたしなめたが、その眼は笑っておらず、冷ややかに見据えていた。

たしなめられた男は青白い顔をして、急いで千両箱を台に載せた。

木曾屋と呼ばれたその男の顔に見覚えがあった。

最前、三田の焼け跡に立ち尽くしていた男だった。

一行は石段を上り切り、神社に向かった。

「寄進千両とは太っ腹だ、さすがは河内《かわち》屋だ」

石段の下にいた見物人の一人の声が聞こえた。

「河内屋とは一行を従えていた者のことですか」

筌太郎はその職人風の男に訊いた。

「へい。三河町《みかわちょう》で水油問屋、佐久間町《さくまちょう》で材木問屋、砂糖問屋は新両替町《しんりょうがえちょう》だったかな。いくつもの店を構えていて、今は河内屋が江戸一番の稼ぎ頭じゃありませんか。主は九兵衛《きゅうべえ》さんですよ」

「水油問屋ですか、なるほど」

千両箱を載せた輦台の「水油問屋並びに材木問屋有志一同」と書かれた貼り紙を思い浮かべ、改めて得心した。

「千両も寄進されても、神様だって迷惑でしょうにねえ」

「どういうことですか」

「大きな声じゃ言えませんけどね……」

男が口許に手を添えてこう囁《ささや》いた。

「昨夜の三田の火事は付け火らしいですぜ。いくら火伏せの神様だって、付け火までは手が回らねえでしょ」

男が言うには、昨夜の火事は火の気のない所から燃え上がったと、奉行所の役人が言っていたというのである。

この三田の辺りは昨今、次々と新しい店や家屋敷が建ったように記憶している。もし付け火だとするならば、移り住んだばかりの人にとっては泣くに泣けぬ酷い話である。

金茶の熨斗目《のしめ》に栗皮《くりかわ》色の袴という人目を惹く出で立ちの武士が、衣擦れの音をたてながら御錠口《おじょうぐち》から大奥に入った。

還暦を疾《と》うに過ぎ、黒ずんだ涙袋が垂れ、頬の肉も落ちたその武士は、老中在位二十年の真部長門守《まなべながとのかみ》、上野坂崎《こうずけさかざき》六万石の当主である。

この日は月に一度の〈老中廻り〉だった。

老中廻りとは、大奥の部屋部屋を回り、要望を聞くのが表向きの御役目だが、真部にとっての大事は、大奥総取締役菊島《きくしま》のご機嫌伺いだった。

菊島は上級旗本の娘として生まれ、現将軍の守役として仕えたのち、大御台所《おおみだいどころ》に見込まれて大奥の公務に携わった。大御台所亡きあとも大奥での権勢を誇っている。

将軍家の覚えもめでたく、老中や若年寄といった幕閣の人事に強い影響力を持っており、徒疎《あだおろそ》かにはできないのである。

この日の真部は供を伴わず、一人で訪れた。

いくつかの部屋に顔を出して廊下に出た時、菊島が供の女中を引き連れて、待ち兼ねたように部屋から顔を覗かせた。

「遅いではありませぬか、長門殿」

菊島は、黒地に花模様を散らした打掛の裾を、科《しな》を作るように揺らした。

整った顔立ちをしており、若い頃はさぞやと思わせるが、険がある。

「これはこれは菊島様」

真部は恭《うやうや》しく会釈《えしやく》した。

衰《おとろ》えた肌艶《はだつや》に反して、その声は低く力強く響き、齢を感じさせぬ迫力である。

「早《はよ》うこちらへ」

菊島に促《うなが》され、真部は菊島の部屋に足を踏み入れた。居並ぶ大奥女中に手を突いて迎えられ、二間続きの奥の間に通された。

菊島はいそいそと下座に着いて一礼すると、大奥女中に命じた。

「ご老中と折り入って話があるゆえ、下がっておれ。香澄《かすみ》は残るがよい」

香澄と呼ばれた若い女中を残して、女中一同が座を外した。

「真部様、これをご覧遊ばされ」

菊島は浮き浮きとして立ち上がった。

「香澄、そこをお退《の》き」

菊島は螺鈿《らでん》と蒔絵《まきえ》の華美な装飾が施された水屋の前に膝を折ると、

「どこにしまったであろう」

次々と抽《ひ》き出しを引いた。

どの抽き出しにも、鏡、櫛《くし》、紅《べに》、白粉《おしろい》、刷毛《はけ》などの化粧品や道具の類がびっしりと納められていた。いずれも高価な品ばかりである。

「おう、あったあった」

菊島は切子硝子《きりこがらす》の小瓶《こびん》を取り出して真部に見せた。

「異国の香水じゃ、この香りを嗅ぐと夢見心地になるのじゃ」

菊島は瞼《まぶた》を閉じて、うっとりとした。

その重たげな瞼には、衰えを隠せぬ無惨な皺《しわ》が深く刻まれていた。

「さすがは河内屋からの品、結構なものでございますな」

真部が追従《ついしょう》めいた相槌《あいづち》を打った。

「香澄、九兵衛殿によしなにの」

「もったいのうございます。菊島様のお言葉を承《うけたまわ》りましたら、父もきっと大喜び致すことと存じます」

香澄が畏《おそ》れ入るように答えて一礼した。

この香澄は河内屋九兵衛の娘で、年明けから大奥に奉公に上がり、菊島付きとなった。

菊島は再び真部の前に来た。

「河内屋が申しておったのだが、阿蘭陀《おらんだ》には女王のみが使うことを許された貴重な白粉があるそうな」

　菊島は膝を前に進めると、声を落として続けた。

「長崎《ながさき》の阿蘭陀商館に出入りする者に話をすれば、それを手に入れるのも夢ではないそうじゃ。わらわの手許にそれが届くのはいつのことであろう。ほんに楽しみじゃ」

　菊島は香澄に向かい、にこやかに頷きかけた。

「香澄、宿下りを許します。わらわからの心ばかりの品を九兵衛殿に届けてくだされ」

「ありがとうございます」

　香澄を下がらせると、菊島が心配げな顔でにじり寄った。

「長門殿、倹約はいつまで続くのであろうの」

「倹約は上様のお達しなれば、皆でそれを守らねばなりませぬ」

「重々承知しておるわ。それにしても、昨今、ばかに水油の値が上がっているではないか。大奥の費用も抑えられておれば、水油を購うのも儘《まま》ならなくなって参った」

「それゆえ、献上で賄《まかな》っている次第でござる」

「無論、河内屋には感謝しておる。水油はいくらあっても有り過ぎるということはないからな」

菊島への水油の献上は「歌舞伎《かぶき》役者一同」「蠟燭《ろうそく》問屋一同」などと各所から献上された体裁《ていさい》を取っているが、すべて河内屋が手配したものだった。

河内屋の名ばかりが目立たぬようにとの手立てであり、それは菊島もよく理解していた。

「菊島様、水油の値が上がったことなど、お気になされませぬように。なれど、大奥にご不自由をおかけするわけには参りませぬ。ご要望は、いつ何なりと、お申し付けくださりませ」

「さすがは長門殿。心強いお言葉、安堵《あんど》しました」

「菊島様あっての長門でござりますれば」

「長門殿……」

菊島は嬉しさで泣きそうな顔をした。

「ではそろそろお暇《いとま》を。菊島様の許に長居致しますと、他のお年寄やお局様に焼《や》き餅《もち》を焼かれますゆえに」

真部は世辞で菊島を喜ばせて、そろりと立ち上がった。

三

笙太郎のこの日の町歩きは白旛《しらはた》神社から始まった。

今日は、白旛神社で富突《とみつき》が行なわれる日だった。

笙太郎はまだ直《じか》に富突の光景を見たことがなく、一度見物したかったのである。

白旛神社は竜閑橋《りゅうかんばし》に程近い銀町《しろがねちょう》にある。

銀町はその名の通り銀細工師が住む町である。

鳥居の向こうに続く石畳の参道は、その両側に華やかな幟《のぼり》を立てた出店が立ち並び、すでに富突を見ようと押し寄せた人々で溢《あふ》れ返っていた。

笙太郎は、ふと、ある物が気に懸かって、足を止めた。

それは、鳥居の脇に立つ托鉢《たくはつ》僧の足許に立てかけられた小振りの板で、笙太郎の目を惹いたのはその板に書かれた言葉だった。

いそいそと板の前に腰を屈《かが》めると、懐《ふところ》から矢立てと日記帖を取り出した。

その板には、

鳥は木に、花は土に、人は情けに拠《よ》りて生くるものなり

と墨書《ぼくしょ》されていた。

心惹かれる良い言葉である。

こうした発見があるから、町歩きは止められないのだ。

笙太郎は感心しながら、日記帖にその言葉を書き留めた。

ふと、紙面が翳《かげ》ったので目を上げると、円い大きな網代笠《あじろがさ》の下から、訝しげな顔の托鉢僧が笙太郎の顔と日記帖とを覗き込んでいた。

「心を打たれました」

小さく会釈をすると、托鉢僧は頷き返しながら、手にしていた鉄の器、鉄鉢《てっぱつ》を差し出した。

僧が仄《ほの》めかした意味をすぐに察して、笙太郎は笑顔で喜捨した。

僧はすました顔で合掌した。

「やってる、やってる」

舌舐《したな》めずりをしながら、職人仲間だろうか、数人の男がやって来た。

その内の一人が先陣を切って駆け出すと、すかさず「待ちやがれ」と、他の面々も雪崩《なだれ》を打って駆け出した。

あちらこちらで似たような光景が繰り広げられる。

笙太郎も人の流れに押されるようにして白簱神社の境内に足を踏み入れた。

さほど広くない境内に、特設の桟敷《さじき》が設けられ、寺社奉行所の検使の役人と興行側の世話人とが床几《しょうぎ》に腰かけている。

桟敷の前は身動き一つ取れないほどの黒山の人だかりで、皆、開札を今か今かと待ちわびている。

神主が姿を見せ、恭しく一礼すると、神妙な顔で祝詞《のりと》を唱え始めた。

「短めに致せよ」

罰当たりな、だが、聞き憶えのある声が笙太郎の前方から聞こえた。

人混みの中に声の主を探した笙太郎は、左斜め前方に、顔見知りを見つけて、思わず啞然《あぜん》とした。

富札を握りしめ、すでに目を血走らせているその横顔こそ、千春の父、望月五左衛門だった。

二、三日前から、千春が内職を始めていた。筆太郎には内緒《ないしょ》にしたい様子なので敢《あ》えて気づかぬふりをしているが、内職の目的は実家の家計の支援だろうと推測がつく。弟の圭一郎らが働いていた紙問屋が火事で焼けて仕事を失ったことが千春の耳にも入ったのだろう。五左衛門とて紙問屋の火事の一件を聞いていないわけでもあるまい。

にもかかわらず、である。

五左衛門には五左衛門なりの思いや理屈があるのだろうが、やれやれと、筆太郎は苦笑いをこぼした。

「旦那」

小柄で丸顔、頭の上に手拭《てぬぐ》いを載せた男が人混みを掻き分けて親しげに声をかけてきた。馴染みの瓦版《かわらばん》屋の文三《ぶんぞう》である。

文三は何処で耳にしたのか、筆太郎の道楽が町歩きだと知ってから、ちょくちょく、何か面白い話はないかと聞きに来るのだ。

「おう、文三ではないか。瓦版のねた探しか」

「やっぱり、百両が当たった人物のその後は面白いですからね」

面白いというのは些《いささ》か語弊《ごへい》がある。百両が当たったがために、道を誤る者が決して少なくないからである。

この頃の富札一枚の価格は、金二朱である。二朱は一両の八分の一。銭に換算すると、一両が四分、一分が四朱なので、二朱は約五百文となる。

一両はおおよそ四千文なので、二朱は約五百文となる。

一人前の大工の日当は銀五匁《もんめ》ほど（およそ四百文）であるから、富札一枚の値段は、大工の日当より少し高いわけである。大工は他の職人よりも手間賃が良い部類ということを考え合わせれば、富籤《とみくじ》は、庶民がそうちょくちょく買える代物ではないとわかる。

それで、長屋の皆で銭を出し合って夢を買ったりもするのである。

境内では、いよいよ富突が始まるようだ。

突き役の神官がおもむろに目隠しをすると、さわさわっ、さわさわっと、紙の擦《こす》れる音が境内いっぱいに拡がった。それらは詰めかけた観衆が一斉に懐から富札の紙を取り出して、祈るような顔で握り締める音だった。

五左衛門を始め、周囲の者の顔がみるみる紅潮していく。

目隠しをした突き役が、柄の長い錐《きり》を予《あらかじ》め木札が入れられた櫃《ひつ》の上部の穴から、えいっとばかり木札を突き刺した。

最初の当たり札が高々と突き上げられ、錐から引き抜かれた木札の番号が読み上げられると、どっと、地鳴りのようなどよめきが巻き起こった。

当たり札が読み上げられるたびに湧き起こる歓声と地鳴りが、腹にずんと響く。

笙太郎は、初めて味わう異様なまでの熱気を肌に感じていた。

富突は進んで、いよいよ褒美金十両の籤を引く段となった時である。

「ほほう、揃いも揃って馬鹿面下げておるの」

聞き憶えのある憎々しい声が降ってきた。

見上げると、中空に、その身形にも憶えのある男が浮かんでいた。

白髪頭に髷、白い絹の着物の着流し、先日、叶家の朝餉の席にいきなり現れたあの偏屈で居丈高《いたけだか》な老武士だ。

「夢を買うじゃと？　ふん、たかだか二朱の端《はし》た金で、夢を買うなどおこがましいわ」

老武士は悪態を吐いた。

「酷いこと言って」

たしなめる声がして、琴が老武士の隣にその姿を現わした。

「口が悪いんだから、この爺さんは」

「おのれ、二言目には爺さん爺さんと呼びおって、許さんぞ」

「お止めなさい、ふたりとも、そんなに大きな声で」

と言っても、やり合う声が聴こえているのは笙太郎だけだ。

「娘、そこへ直れ」

「はいはい、直りましたよ」

琴は中空で、ぺちゃんと、地べたに座るような格好をした。

「その素っ首撥ねてくれる」

「どうぞ。そのお腰に差した脇差が抜けますか」

琴に挑発されて、老武士は脇差の柄に手を掛けようとしたが叶わず、忌々しげに両の拳を震わせた。

「わかったでしょ。死んでしまえば、町娘も殿様もないの。みんな一緒なの。それをいつまでも殿様気分でいると、〈さきのよびと〉は誰も相手になんかしてくれないわよ」

すっと胸のつかえが下りるような琴の啖呵《たんか》である。

笙太郎は感心するとともに、琴が眩《まぶ》しく見えた。

初めて出会った頃の琴は、〈さきのよびと〉だから当然なのだが、どこか儚《はかな》げな一面が見え隠れしていた。だが、今の琴は、まるでこの世の者と見紛うような潑剌《はつらつ》とした十七歳の娘だった。

「ふん、お前たちなど相手にしておれぬわ」

琴にやり込められた老武士は捨て台詞《ぜりふ》を残して飛んで行った。

その直後、長い錐を突き下ろそうとしていた突き役が大きなくしゃみをした。

そうして突き上げられた札の番号を読み役が読み上げると、富札を握り締めた右手を高く突き上げ、雄叫《おたけ》びを上げる者がいた。

五左衛門だった。

五左衛門の周囲がどよめき、羨望の視線が注がれ、拍手も湧いた。

緊張で身体が強張《こわば》ったのか、五左衛門が少し足をもつれさせ、よろめきながらこちらを向いた。

「おう、婿《むこ》殿」

笙太郎をみとめて、顔面を紅潮させた五左衛門が富札をちぎれんばかりに握り締めた拳《こぶし》を揺すった。

「十両じゃ、十両じゃ」

その時、もしやと、笙太郎は思い当たった。

突き役がくしゃみをしたのは崇高の振り撒いた気配が因で、そのせいで手許が狂い、その結果、五左衛門に十両が当たったのではないか、と。

褒美金をもらいに寺務所に向かう五左衛門の顔は、いつしか血の気が引いて、氷水に浸かったみたいに青ざめていた。


富突の熱狂が終わり、境内は落ち着きを取り戻していた。

神社を後にした笙太郎は、ふと、生暖かい気配を背中に感じて足を止めた。

振り返ると、鳥居の上に、ぽつねんと、老武士が腰かけていた。

鳥居をくぐって、遊び人風の若者三人が笑い転げるようにしてやって来た。外れた富札だろうか、丸めた紙片を耳や鼻の穴に突っ込んで戯《ふざ》けている。

「馬鹿め」

老武士は通り過ぎた若者らに向かって唾《つば》を吐く仕草をした。

「ちっ、唾も出ぬわ」

次の瞬間、老武士の体がぐらりと前のめりになり、そのまま頭から落下した。

「あっ」

笙太郎は思わず声を上げて、咄嗟《とっさ》に駆け出していた。

笙太郎の声に重なって、琴の叫び声が聞こえた。

鳥居の下に駆けつけると、老武士は目を閉じて石畳の上に大の字になっていた。

そこへ琴も現れて、笙太郎の傍らに腰を屈めた。

笙太郎が顔を覗き込むと、老武士が両の眼を開けた。

「ああ、驚いた」

琴が安心した顔で笙太郎を見た。

「馬鹿め、幽霊が死ぬわけがなかろう」

と、悪態を吐いて顔を背けた。

「なぜこのような真似を」

「何でこんなことしたのよ」

笙太郎と琴の声が重なった。

老武士は二人の顔をじろりと睨むようにしてから、身を起こした。

「わからぬ。富突などに現《うつつ》を抜かす輩《やから》を目にしておったら、無性に腹立たしくなって、消えてしまいたくなったのだ」

「とっくに消えてるけどね」

琴がぽつりと茶々を入れた。

老武士はいきなり立ち上がると、

「こんな世など、誰も見とうはないわ、見とうはないわ……」

全身を震わせた。

そんな老武士を見上げて、笙太郎は心の内で呟いた。

──幽霊の身でありながら、まるで己《おのれ》を罰しているかのようだ。

「この人、小泉さん」

琴が老武士を突つくように指を差した。

「小泉……」

小泉と聞いて思い当たるのは、近頃、清廉潔白《せいれんけっぱく》の士と評判の大名のことではないか。

「もしや、青江藩主の小泉吉之介《きちのすけ》様のお父上でしょうか」

笙太郎が訊くと、崇高が体を起こして胸を反らせた。

「いかにもわしは青江藩を治めておった小泉崇高《たかたか》じゃ、よく覚えておくがよい。その方は確か笙太郎であったな」

「叶笙太郎です」

笙太郎も腰を屈めて答えた。

「よい名じゃ。だが、笙太郎、おぬしは何故、わしが見えるのじゃ」

「一度、生死の境《さかい》を彷徨ったことがありまして、おそらくそれからかと」

笙太郎は正直に答えた。

笙太郎はかつて永代橋の上で暴れ馬に撥ねられそうな老婆を助けたのだが、その馬に蹴られて川に落ち、九死に一生を得たことがあった。

その時は三途《さんず》の川の手前まで行って、その後に摩訶不思議《まかふしぎ》な体験をするのだが、そのことは迂闊《うかつ》に口にすることは慎まなければならない。

「この、飛脚《ひきゃく》か魚売りみたいなお転婆《てんば》娘の幽霊はおぬしの知り合いか」

「あたしのことは、あたしに訊いてよ」

琴が軽く胸に手を当てた。

「あたしは琴、笙兄さんの双子の妹よ。でも、幽霊なんて呼ばないでね」

「〈さきのよびと〉とか何とか申しておったな。雅《みやび》な響きのする呼び名だが、どのように言い換えたところで、幽霊は所詮、幽霊じゃ」

崇高に鼻で笑われ、琴はぷいと横を向いた。

「それにしても、わしは何故、こうしておるのであろうな」

崇高は、ふと、己に問いかけるように呟いた。

「魂は、常に覚醒しているのではなく、眠ったり、覚めたりするそうです。崇高殿も何か理由があって目覚めたのだと思いますが」

「わからぬ。いつ死んだのかも、目覚めたのかもわからぬ」

崇高は首を横に振っていたが、何か思い当たる目をした。

「そうじゃ……突如、何者かの叫び声のようなものを聞いた気がしたのじゃ。次の瞬間、目が覚めていた」

「何者かの叫び声、ですか……」

「それは男だった、それとも女の声?」

琴が訊くが、崇高は眉根に皺を寄せて首を横に振った。

「成仏できずに魂が彷徨うのは、この世に心残りがあるからだと聞きます。無論、誰しも心残りはあるとは思いますが」

「心残りじゃと? すべてじゃ。何もかもが心残りじゃ」

崇高は筮太郎の言葉を遮《さえぎ》り、地団駄《じだんだ》を踏むようにして吐き捨てた。

それでも筮太郎は穏やかにこう続けた。

「崇高殿、この世に別れを告げる者にとって一番の心残りは、生前、感謝と詫《わ》びを伝え損なうことなのです」

それは、笙太郎が以前の経験から感じたことだった。

「感謝と詫びじゃと？」

「ありがとうとごめんなさいよ」

琴が優しい目で崇高を見た。

「ふむ……」

崇高の表情は、とても得心した顔には見えない。

暫く考え込んでいたが、

「やはりわからぬ」

と苛立たしげに呟くと、肩を怒らせて踵《きびす》を返した。

「あの爺さん、ほっといたら何するかわからないから、あたしが見張っておくね」

悪戯《いたずら》っぽく笑って、琴は崇高の跡を追った。

行き交う人々を透り抜けながら、崇高と琴の後ろ姿が次第に薄くなり、やがて消えた。

ふと、人の気配に振り返ると、旅装の中年女が二人、笙太郎の顔を覗き込むようにしていた。

「お武家はん、何や、おひとりでずうっと、お話ししてはりましたな」

「あっ、いや、その、私は戯作者《げさくしゃ》の端《はし》くれでしてね」

「ほな、西鶴《さいかく》はんや近松《ちかまつ》はんみたいなもんどすな」

「まあ、そんなところですね。興が乗ると、台詞が次から次へと湧いてくるものですから……」

笙太郎は懐から日記帖を取り出した。

だが、二人の女は笙太郎の言葉を終《しま》いまで聞こうともせず、憐れむように顔を見合わせながら、向こうへ行った。

――下手な言い訳をしたものです。

笙太郎は日記帖まで持ち出した道化ぶりに己が情けなくなった。

それにしても、幽霊と話ができるというのは困ったものだ。

不意の来客用で、普段は空けたままにしている部屋に、このところ毎晩のように薄暗い明かりが灯《とも》っていた。

角行灯《かくあんどん》を提《さ》げた笙太郎は静かに障子を開けた。

「旦那様」

驚いたように千春が振り返った。

小振りの行灯を傍らに置いて、縫《ぬ》い物に没頭していたようだ。

千春は縫い物の手を止めて膝をにじり、居住まいを正した。

「こんな暗い所で針仕事などしては目が疲れ、肩が凝りますよ」

「油は大切でございますから」

千春は大きな黒い瞳を伏せた。

笙太郎は立て膝を突き、角行灯に火を移して千春の傍らに置いて、膝を折った。

「隠し立てをするつもりはございませんでした、申し訳ありません」

千春は頭《こうべ》を垂れた。

「大変な火事でしたからね」

笙太郎から真顔を向けられて、千春が目を見開いた。

「ご存じだったのですね」

「紙問屋の主は無事だったのでしょうか」

「はい、幸いにも難を逃れたそうです。お店の再建は断念したそうです、七代続いた老舗《しにせ》とのことでしたが」

「それは、さぞ無念だったでしょうねえ。ですが、命あっての物種です」

「弟たちを伴い、お店のご主人を探し当て、これまでの御礼を申し述べて参りましたところ、ご主人が、これまでの分ですと仰《おっしゃ》って、弟にお給金を手渡してくださいました。ご自分たちの暮らしも大変でしょうに、胸を熱く致しました」

「よい店で働くことができましたね」

店を畳むという辛《つら》い選択をしたにもかかわらず、主の誠実さに笙太郎も感じ入った。

千春の弟妹らが大人になっても、紙問屋の主人のことやその店で働いた思い出はずっと心に残ることだろう。

千春は内職を黙っていたことを改めて詫びた。

「姉の体も少しずつ良くなりまして、働き口を探しております。それまでの暫《しばら》くの間と思っておりました。ですが、この叶家の嫁として、旦那様の妻としての務めは決しておろそかに致すまいと、心しているつもりでございます」

千春は勝気を含んだ目と言葉で、真剣に語りかけた。

「千春が家のことをおろそかにしているなどと思ったことはありません。よくやってくれていると思っています。でも、内緒は淋しいですね」

「すみませんでした」

「何でも打ち明けてください。と言っても、私には特段の能力もありませんし、打ち出の小槌《こづち》も持ち合わせていませんから、励ますくらいのことしかできませんが」

千春がいくらか安堵したように笑みを見せたので、笙太郎は話題を変えた。

「昼間、お義父《ちち》上にお目にかかりましたよ」

「まあ、どちらででございますか？」

何処だと思いますか、と訊こうとしたが、止めた。

千春ならば当てると思ったからだ。当たったからと言って、千春は笑うまいし、嬉しくもあるまい——などと思いめぐらせていると、

「何処かの寺社の富突でございますね」

千春がわずかに口許を引き締め、黒目がちの大きな瞳に力を込めた。

「これは驚きました」

呆気《あっけ》なく図星を指された。

これはすなわち、五左衛門はこれまでにも度々《たびたび》富籤を購っていたということだろう。

「問い詰めます、明日にでも」

「是非、お行きなさい」

「えっ?」

「そして帰りに小遣いの多少なりとも戴《いただ》いておいでなさい」

筺太郎が笑みを向けると、千春が怪訝《けげん》な顔をした。

「お義父上、富籤に当たりました」

筺太郎は笑顔で両手を広げた。

「十両、でございますか」

何事にも弱音を吐かず動じない千春も、さすがに、ぽかんと口を開けた。

「もう内職はしなくていいでしょう」

筺太郎が笑いかけると、気が抜けたのか、千春の肩から力が抜けた。

「もう休みます」

少しばかり手荒く仕立物を片付け始めた。

「来ますか」

笙太郎の誘いに、千春がぽっと頬を染め、こくんと頷いた。

四

その翌日。

町歩きの途中、小腹が減って、父と同じ名の久右衛門町《きゅうえもんちょう》でみつけた一膳飯屋の縄暖簾《なわのれん》を割った。お玉《たま》が池や弁慶《べんけい》橋にも近い所である。

「いらっしゃいませ」

襷《たすき》がけで盆を手にした店の女が奥から出て来た。

色白できりっとした顔立ちの美人である。

「ああ、あなたは」

その顔に見憶えがあり、笙太郎は笑顔を向けた。

顔を出したのは、先日、永代橋の上で笙太郎の脇を擦り抜けたあとで、同心に食ってかかって川に突き落とされた女だった。

「どちらでお目にかかりましたでしょうか」

女は怪訝な表情を浮かべた。

「これは失礼しました。こうして言葉を交わすのは初めてです。この間永代橋でお見かけしました。怪我《けが》はありませんでしたか」

「えっ？」

「突き落とされたでしょう、川に」

「ご覧になってたんですか、お恥ずかしい……いえ、どこも」

「私は秋草藩の叶笙太郎と申します」

「お大名のご家中でございましたか、お見逸《みそ》れ致しました。志摩《しま》でございます」

名を名乗ると、恐縮したように身を硬くして一礼した。

「よほど腹に据えかねることがあったのですね、あのように役人に食い下がるとは」

「いえ、そんな……お武家様、ご注文は」

触れられたくないのか、お志摩は口を濁《にご》して話を逸らせた。

「ああ、そうでしたね」

笙太郎が腰かけて品書きに目を通した時である。

縄暖簾を撥ね上げて、岡っ引きが険しい顔をして飛び込んで来た。

「お志摩って女はいるか」

「志摩はあたしですが」

「お前《め》え、父親《ておや》が行き方知れずになったと、御番所に届けを出してるな」

「はい」

お志摩が不安を浮かべた。

思いがけない成り行きに、笙太郎はそっと聞き耳を立てた。

「こいつに見覚えはねえかい」

岡っ引きが袂《たもと》から取り出したのは、唐草《からくさ》模様の煙草《たばこ》入れだった。

煙草入れを一目見て、お志摩が不安げな目を岡っ引きに向けた。

「それじゃ、こいつは」

お志摩の顔色を一瞥《いちべつ》した岡っ引きが次に振って広げたのが、使い込まれた手拭いだった。

その手拭いには、白地の裾に紺色で「喜舟屋」と染め抜かれていた。

――何と読むのだろう、きぶねや、だろうか？

笙太郎が心の内で呟いた時。

「ここに『喜舟屋《きしゆう》』とあったんで、来てみたんだ。お前《め》えが喜舟屋の嫁だって聞いたもんだからな。二つとも亀島町《かめじまちよう》の廻船問屋の主《あるじ》、喜十《きじゆう》の持ち物に間違いねえな」

岡っ引きが店の名前を出して念を押した。

「それで、おとっつぁんはどこに……」

お志摩が不安の色を濃くした。

「死んでたよ、品川浦《しながわうら》で」

「ええっ」

お志摩の顔から血の気が引き、その手から滑り落ちた盆が地べたに転がった。

「辻斬りの仕業らしい。お前ぇから御番所に届けが出ているのが、もう少し早くわかればよかったんだが……」

「それで、おとっつぁん、今何処に」

「当座は高輪《たかなわ》の大木戸の近くの番屋に運び込んだんだが、今は近くの光雲寺《こううんじ》ってお寺さんが預かってくれている。急げば、仏さんの顔を拝めるかも知れねえ」

「はい」

お志摩は奥の主に断わりを入れると、襷を外しながら青い顔で飛び出して行った。

「あぶねえじゃねえか」

お志摩とぶつかりそうになったのだろうか、ぶつぶつ言いながら瓦版屋の文三が入ってきた。

「何かあったのかい」

文三が岡っ引きに訊いた。

「瓦版屋なんかの出る幕じゃねえ、どきな」

岡っ引きは手で文三の肩を払い除《の》けて出て行った。

小さく舌打ちをした文三が筆太郎に気づいた。

「旦那」

「いいところへ来てくれた。文三、出ましょう」

筆太郎は注文をしなかったことを店の主に詫びて、文三を連れ出した。

「お志摩のことを聞かせて欲しいのだ」

筆太郎はお志摩のことが気に懸かり、もっと知りたくなったのである。

「合点《がってん》で。けど、魚心《うおごころ》あれば水心ですぜ、旦那」

文三はいそいそと従《つ》いてきた。

筆太郎は文三を誘い、鎌倉河岸《かまくらがし》の西の外れにある茶店に腰を落ち着けた。

注文を済ますと、文三が口を開いた。

「廻船問屋の女房だけあって気の強《つえ》ぇ女でしょ。この間も、牢屋敷の前で二十ばかり敲《たたき》のお仕置きを受けてたっけ」

「ずぶ濡れになって、役人に引っ立てられて行った時のことか？」

「旦那、永代橋にいらしてたんで」

お志摩は突き飛ばされて川に落ち、ずぶ濡れになりながらも尚、役人に食ってかかっていた。お仕置きを受けたというのはその後の出来事だった。

「ふざけたこと抜かしやがるから、町廻りの旦那だって、そりゃ怒りますって」

「いや、お志摩はふざけてなどいなかった。今もそうだが、真剣な様子でしたよ」

「けど、江戸湊を出て行く船に死んだ亭主の姿があったなんて。ふざけてるでしょ？」

「死んだ亭主の姿？」

「幽霊でも出たっていうんですかい？　真っ昼間から」

――幽霊は昼間だって出ますよ。

筆太郎は心で呟いてから訊いた。

「お志摩の亭主に何があったのですか」

「船が沈んじまったんですよ、亭主の乗った」

「それでは、喜十という人を知っていますか」

「お志摩の舅《しゆうと》でさ。喜十は廻船問屋喜舟屋の主、喜十の息子が喜三郎《きさぶろう》、お志摩の亭主でさ」

文三が扇子《せんす》の要《かなめ》で食台の上に文字でも書くようにしながら間柄を説明した。

「喜十がどうかしたんで」

「辻斬りに斬られたそうだ、先程の岡っ引きが報《しら》せにきた」

「それでお志摩の奴、血相を変えて……」

文三が得心して頷いた時、笙太郎は辺りを見回していた。

文三の言葉に重なって「辻斬りじゃと」という声が聞こえたからである。

次の瞬間、文三の隣に崇高が、笙太郎の隣に琴が座っていた。

「ふたりとも、いつの間に、ここへ……」

いきなりの出来事に、さすがの笙太郎も虚《きょ》を衝《つ》かれた。

「疾うに来ておったわ、そちより先にあの店にな。実はの、町で見かけた女のことが妙に気になって従けて参ったのだ」

「それは些か問題でございましょう」

「話の腰を折るでない、黙って聞け。着いた先が先程の一膳飯屋で、その女がお志摩だとわかったのだ。断わっておくが、わしの好みの女ではない」

「女の好みなど訊いておりません」

「堅いことを申すな。それより、わしにも茶をもらってくれ」

崇高は台を指でつついた。

「お茶なんかもらったって、どうせ飲めないでしょう」

琴が口を挟《はさ》んだ。

「落ち着かぬのだ。茶も頼まずに黙って座っているわけには参らぬであろう」

崇高は台を指でつついて催促した。

「黙って座っていても、誰も気づかないわよ」

琴が呆れたように言った。

「おい、茶をもう一つだ」

筐太郎は奥に向かって注文した。

「どちらに置きましょう」

「そこへ」

茶を運んで来た女に、筆太郎が誰もいない席を指差したので、女も文三も気味悪そうな顔をした。

「筆太郎、さっさと、続きを訊かぬか」

崇高が偉そうに手を振って指図をした。

「文三、喜舟屋について、もっと聞かせてくれませんか」

呆気にとられている文三が気を取り直したように話し始めた。

喜十は二百石船を一艘持ち、問屋組合には属さず、独自で廻船問屋を営《いとな》んでいた。

頼まれて荷を運ぶ廻漕だけではなく、自ら品物を仕入れて運んだ先で販売する買積船《かいつみぶね》として、年に数回、上方《かみがた》や仙台《せんだい》と江戸を往復していた。

「買積船というのですか……」

依頼された荷を大海原を越えて遠くの湊まで無事に届けるだけでも大変な仕事である。

それを、自らの才覚と元手で品物を仕入れ、同じように波濤《はとう》を乗り越えて荷を売り捌《さば》いて利を得る……昨今、何かと楽をしたがる風潮が蔓延《はびこ》るなか、喜十らの仕事ぶりに、失われかけた海の男と商人の心意気を感じた。

「ところが、半年ほど前、喜舟屋の船が難波してしまったんですよ」

「その船にお志摩の亭主が乗り込んでいたのですね」

「大海原で流されちまったのか、沈んじまったのか……、調べようにも何の手掛かりもねえんですから仕方ありませんや。さっさと、浦仕舞《うらじまい》でさ」

浅瀬で座礁した場合など、流れ着いた土地の役人が、積荷の損害などを検《あらた》めた上で荷主が補償の話し合いをし、海難事故を終わらせる。それを〈浦仕舞〉と呼んだ。

だが、今回の喜十の船の場合、船が行方不明では調査のやりようもなく、奉行所も関係各所もさほど時を置かず、船はもとより積荷も人もすべて絶望と判断し、浦仕舞を宣言した。

「喜十はすっかり力を落としちまって、店を畳んじまったんだが……」

客から預かった積荷を海に流し、虎の子の持ち船一艘と息子を一時に失えば、喜十が気力を失くすのも無理からぬことである。

「無理からぬな」

崇高が口を挟んだ。

「今度は、その喜十が辻斬りに遭《あ》うなんて……可哀相《かわいそう》に、泣きっ面に蜂《はち》が二匹、いや、三匹ですかねえ」

「理不尽《りふじん》だ。だが、理不尽だらけなのがこの世の中だ」

崇高がまたしても口を挟んだので、琴が睨んだ。

「でも、喜十は何だって品川浦なんかに行ってたんでしょうね」

文三が疑念を口にした。

崇高も腕組みをして、ぶつぶつと何か呟いた。

「えっ、波の音がどうしたって？」

琴が崇高に確かめるように訊いた。

「ええい、静かに致せ」

崇高は思いに沈む様子である。

「もしかすると、息子を乗せた船が戻って来るかも知れぬと、そう願っていたのかも知れないですね」

推測を口にした時、ふと、永代橋の上で聞いた「あんた、待って」というお志摩の声が耳許に甦《よみがえ》り、町方同心に摑みかかり懸命に何か訴えていたお志摩の姿が目に浮かんだ。

第二章　青雲の士

一

今日は非番である。

笙太郎は藩主の私邸に向かった。母屋《おもや》を抜け、長い渡り廊下で結ばれた向こうがその建物である。

「ご苦労様です」

笙太郎は、入口に立つ二人の警固の武士に愛想《あいそ》良く挨拶《あいさつ》をした。

「おう、笙太郎、おぬしこそ、非番というのにご苦労なことだな」

「さきほど、杉乃《すぎの》殿が来ておったぞ」

武士が交互に笑みを投げた。

非番の日には笙太郎が厚姫《あつひめ》に呼ばれていることを、警固の武士らはよく承知していた。

杉乃とは厚姫の乳母《めのと》である。

杉乃は、笙太郎を待《ま》ち兼《か》ねる厚姫を気遣《きづか》い、入口まで様子を見に来ていたのだろう。

くの字くの字に折れる濡《ぬ》れ縁《えん》を渡り、次の角を折れれば、そこが厚姫の部屋である。部屋から望める広い中庭の築山《つきやま》と前栽《せんざい》が目を和ませてくれる。

廊下を折れると、杉乃が待ち受けていた。

「叶殿、姫様がお待ちかねですぞ」

杉乃が袂《たもと》に手を添え、手招きをした。

笙太郎は廊下に座すと、背筋を伸ばし、それから恭《うやうや》しく手を突いた。

「厚姫様にはご機嫌麗《きげんうるわ》しく、恐悦至極《きょうえつしごく》に存じ奉《たてまつ》りまする」

厚姫は、御歳九歳。秋草藩主にとって初めての姫君である。

決してきらびやかではないが、気品のある着物を身に纏《まと》っている。

「笙太郎、良い色合いの着物ですね。ささ、中へ」

厚姫に促《うなが》されて、笙太郎は座敷に膝《ひざ》を進めた。

「船が着いた当座はお屋敷の中が華やいでおりましたが、いくらか落ち着いたようですね、杉乃殿」

「本当に賑《にぎ》やかなことでございました」

「笙太郎らは少し淋しかったですね」

厚姫は労《いたわ》りを口にした。

叶家は代々の江戸雇いで、参覲交代はもとより国許の山河を目にしたこともないのである。

こうした気配りは厚姫の年頃ではなかなか口にできるものではない。

「国許から水油も届いて、ほっと胸を撫《な》で下ろしました。蔵に蓄《たくわ》えていた水油がだいぶ少のうなっておりましたゆえ」

杉乃が声をひそめ、安堵《あんど》の表情を浮かべた。

「しかしながら、江戸に詰める家臣らの心を明るくするのは、水油よりも、国許からの便りや土産物でございましたでしょう」

「笙太郎の申す通りです。皆の笑顔を目にすると、私の胸の中も明るく、温かくなります」

厚姫が微笑《ほほえ》んだ時、御役目始めを告げる大太鼓が高らかに打ち鳴らされた。

「それでは、叶殿、よしなに」

杉乃に促されて、笙太郎は懐《ふところ》から一冊の綴《つづ》りを取り出した。

非番の日にはこうして、厚姫の許に参上して、日々書き留めている町歩きの日記帖を読み聞かせるのが習わしになっていた。

厚姫には、江戸の町に繰り広げられる楽しい話題のあれこれや、庶民の暮らしの今を活《い》き活きと伝える内容を吟味《ぎんみ》して、話して聞かせたいと考えている。

取り分け、心温まる話や、生きてあることの歓《よろこ》び、命の尊《とうと》さをさり気なく厚姫に伝えられれば、と願っている。

笙太郎は白簱神社の富突《とみつき》を見物に行った日の日記を読み聞かせた。

その末尾にこう記してあった。

「白簱神社の鳥居の脇に立ちし托鉢の僧の記す言の葉心に残り、忘却せざるうちにと僧の傍近くに屈みて書き写すなり。綴りの翳るを覚え見上ぐれば、網代笠の下より覗き込む僧の顔《かんばせ》、目の色はなはだ怪訝《けげん》なり」

笙太郎がやや芝居がかった口調で読み上げると、厚姫が小さく笑った。

「僧曰《いわ》く、鳥は木に、花は土に、人は情けに拠《よ》りて生くるものなり」

「どういう意味でしょう」

厚姫が訊いた。

「鳥は羽を休める枝がなくては飛び続けることはできない。花は良い土があって初めて美しい花を咲かせることができる。同じように、人は温かい情けに触れることで、明日に向かって生きていける……左様《さよう》なことと理解致し、したためました」

「今一度、聞かせてください」

「鳥は木に、花は土に、人は情けに拠りて生くるものなり」

「人は情けに拠りて生くるものなり……」

厚姫が子供なりに懸命に理解しようと努める様子が微笑ましく思えた。

心地よい風が一陣吹き抜け、誰からともなく息を吐き、互いに顔を見合わせた。

廊下を踏み鳴らす慌《あわ》ただしい足音がして、若い家臣が、開け放たれた部屋の廊下に手を突いた。

「騒々《そうぞう》しい、何事です」

杉乃が若い家臣を叱責《しっせき》した。

「はっ、安房青江のご当主、小泉吉之介様のお越しにございます。厚姫様に是非ともご挨拶をと、まもなくこちらに」

「なに、青江藩のご当主が？　なぜ、もっと早《はよ》うに報《しら》せぬのだ」

「それが、前触れもなき、にわかのご訪問で」

「お出迎え致さねば」

「あいや暫《しばら》く。出迎えは無用と堅《かた》く申し渡されまして」

腰を浮かしかけた杉乃を、若い家臣が押し止《とど》めた。

小泉吉之介。安房青江二万三千石小泉家の現当主である。

吉之介は、小藩とはいえ一大名家としての誇りを持ち、幕政には是々非々で自説を述べ、時には大奥の奢侈《しゃし》さえ歯に衣《きぬ》着せず物申す、いまどき希有《けう》な清廉潔白《せいれんけっぱく》の士と評判だった。誰からもその将来を嘱望《しょくぼう》されており、次の若年寄に推《お》す声も多い逸材だと、笙太郎も耳にしていた。

――かようなことがあるものなのだな。

笙太郎は感慨を抱いた。

ひょんなことで小泉崇高の幽霊とめぐりあって幾許《いくばく》もなく、その惣領《そうりょう》であり、その将来を期待される人物と間近に接することが叶おうとしている。

笙太郎は期待に胸を膨らませた。

そうして色々と思いを巡らせている間にも、談笑の声とともに、幾つもの足音が近づいた。

「おう、見事な築山だな」

周囲を憚《はばか》らぬ声が聴こえた。少し掠《かす》れ気味の高い声である。

やがて、秋草藩江戸留守居役の湯原正兵衛《ゆはらしようべえ》の露払《つゆはら》いで、歳の頃は二十七、八、中肉中背、艶《つや》やかな髪、萌黄《もえぎ》の熨斗目《のしめ》に焦茶《こげちゃ》の袴《はかま》という凜々《りり》しい出《い》で立《た》ちの武士が、開け放たれた部屋の廊下にその姿を現わした。

男は二人の供の武士を従えていた。

一人は五十過ぎの年配、今一人は小泉と同じ年格好の武士である。

年配の武士は、秋草の留守居役の湯原と顔馴染《かおなじ》みの様子から、青江藩の江戸留居役と思われる。

若いほうは、すらりとした長身で色白、笑みを含んで清々《すがすが》しい印象である。

その小泉と思《おぼ》しき艶やかな黒髪の男がいきなり厚姫に話しかけた。

「厚姫様、築山の奥の前栽は何でござるか」

「岩つつじと教わりましたが」

厚姫は些《いささ》かもおじけづくことなく、にこやかに応じた。

「小次郎《こじろう》の申す通りであったわ」

男は同じ年格好の供侍を振り返った。

「やはり岩つつじでしたか」

小次郎と呼ばれた男が童子のような笑みを浮かべた。

ここで男は、初めて気がついたように一つ手を打って、厚姫を向いた。

「厚姫様ですな。小泉吉之介でござる、お見知り置きを」

男はどかりとその場に胡座《あぐら》を搔《か》いて、名を名乗った。

間近でその横顔を目にすると、面差《おもざ》しが崇高に重なった。

「姫様、安房青江藩のご当主、小泉様にござりまする」

留守居役の湯原正兵衛が紹介した。

「厚と申します。左様な冷たいところに……中に入ってください。お供の御方も、どうぞ中へ」

厚姫に促されて、小泉に従い、供の留守居役と小次郎は座敷に入り、湯原も笙太郎の脇に居並んだ。

厚姫は杉乃と笙太郎に目をやってから、

「これは乳母の杉乃、そして勝手方の叶笙太郎です」

笙太郎と杉乃が揃《そろ》って会釈をした。

お返しに青江の留守居役が自ら段田五郎兵衛《だんだごろべえ》と名乗り、

「これは殿のお側近く仕える奈村《なむら》小次郎にございまする」

と、若い侍を紹介した。

「何やら楽しげな姫のお声が向こうまで届いておりましたが、心楽しいことでもございましたか」

小泉が気さくな口調で訊いた。

「日記を読んでもらっておりました」

「はて」

厚姫の答えを聞いて、小泉が怪訝な顔で微笑んだ。

「この叶笙太郎は町歩きが道楽の男でござりまして」

湯原が笙太郎に目をくれながら口を挟んだ。

「日々書き記した日記がすでに十年分も溜まっているという、些か風変わりな男でございます」

湯原の言葉を聞いた小泉が笙太郎に視線を移した。

「十年分の日記とな。叶とやら、わしにもそちの日記を見せてくれぬか」

「畏《おそ》れながら」

笙太郎は膝をにじり、綴りを小泉に差し出した。

「人は情けに拠りて生くるものなり……達筆とは申せぬが、筆跡に才気がある。絵もなかなかのものだ」

小泉は綴りを返して続ける。

「もしや本日の日記にはわしのことが書かれるのかの。叶、絵は男前に描いてくれねばならぬぞ」

「畏れ入ります」

「厚姫様、面白いご家来がおりますな、秋草には」

「小泉様には、このように気さくに話しかけてくださいますゆえ、皆が親しみを抱《いだ》いておりまする」

湯原が追従《ついしよう》を口にした。

「人当たりがいい、とはよく言われる。それに何事にも体当たり」

「先日はゲテモノを食ろうて、食当たり」

お供の奈村小次郎が口を挟んだ。

「小次郎、控えよ」

留守居役の段田がたしなめた。

「大嫌いなのが耳当たり口当たりが良いばかりのお追従。よってご出世をなさらぬので、家来は陽当たりが悪くてかないませぬ」

奈村は構わず続けた。

「小次郎、罰当たりなことを」

段田は何気なく口にした言葉だったが、

「まあ、段田様まで」

と、杉乃が噴き出したものだから、漸《ようや》くそれと思い至り、段田は慌てたように手で口を押さえた。

段田はそのつもりもなく、「罰当たり」と口にしたが、言葉遊びのような吉之介と小次郎とのやりとりに加わる結果となってしまったのである。

「段田、そちが一番目立っておるではないか」

「あっ、いや、その……」

小泉にからかわれて、段田が小さくなった。

「よいよい、何をするにもわしはいつも場当たり、そちに迷惑ばかりかけておるからの」

小泉が高笑いをした。

他愛もないやりとりでこの場が和《なご》んだ。

笙太郎も、終始、小泉の表情を目で追い、才気溢《あふ》れる声に耳を傾けていた。

「厚姫様、これでお暇《いとま》致す」

「もうお帰りでございますか」

少し慌てたように、杉乃が厚姫を見た。

「時々、この青江の目立ちたがりをご機嫌伺いに参上させるゆえ、よしなに頼みまするぞ」

「殿」

ますます恐縮する段田の肩を叩いて、機敏に立ち上がった小泉は、

「御免仕《ごめんつかまつ》る」

敷居際で厚姫に会釈をし、颯爽《さっそう》と袴の裾を翻《ひるがえ》した。

「総三《そうぞう》が待ちくたびれておるであろう」

そんな小泉の声が聴こえた。

「人当たり、体当たり、食当たり。それから、耳当たり、口当たり、陽当たり、罰当たり、そして場当たり……で、ございましたね」

杉乃が指を折りながら、念仏でも唱えるような口振りで反芻《はんすう》した。

そこへ、小泉の来訪を報せに来た若い家臣が戻ってきて、手を突いた。

「お騒がせを致しました」

「ところで、小泉様は如何《いか》なる趣《おもむき》で当家に参られたのじゃ」

杉乃が今更のように訊いた。

「日頃、留守居役会で交流のある各藩に挨拶回りを行なっている、とそのように仰《おお》せられておりました」

留守居役会とは、秋草藩、青江藩、浅村藩をはじめとする、家格、由緒の近しい六藩の江戸留守居役が定期的に集い、情報交換をする場である。

「それだけのことか」

杉乃が気の抜けたような声を出した。

「まるで、風のような御方でございますね」

厚姫が声をひそめた。

「厚姫様、私も、小泉様をお見送りに」

笙太郎は一礼して座を外すと、庭に降りる雪駄《せった》を借りて中庭を急いだ。

きびきびとした足取りで引き上げる小泉は、見送りに出ている秋草の家臣やその家族、中間や賄いの女らにまでも、手を振り、気さくに声をかけている。

長屋門の手前に、艶やかな光を放つ塗《ぬ》り駕籠《かご》が停められている。

その傍《かたわ》らに佇《たたず》まいのいい町人が控えている。

どうやら大店《おおだな》の主といった雰囲気なのだが、身に着けているものは慎《つつ》ましく見える。年格好はお供の奈村小次郎と同じようなものか。眉《まゆ》が太く、黒い瞳が印象的で体格もいい。

大名の一行に町人が同行するのはあまり見る光景ではない。よほど小泉に気に入られているのか、これから何か大事な商談でもあるのかも知れない。

「あれが噂《うわさ》の、青江の殿様か」

人垣を分けて顔を覗かせた納戸方の保川千之丞が笙太郎の隣に並んだ。

「あの町人は何者ですか」

笙太郎は保川に訊いた。

「青江藩御用達の蔵元、播州屋だ。名は、確か総三」

その名を聞いて思い当たった。

廊下を引き返しながら、「総三が待ちくたびれておるであろう」と小泉が笑ったのはあの男のことだろう。

「大坂では米問屋、この江戸では麻布《あざぶ》の広尾町《ひろおちよう》で水油問屋を営んでいる」

「大坂は米所、米の価格は大坂の米相場で決まるのだ。将軍家のお膝元であるこの江戸では何と申しても、不夜城と言われる新吉原《しんよしわら》に代表されるように、明かりに欠かせぬ水油だ。目の着けどころが優《すぐ》れている。先代が築いた暖簾《のれん》を守るどころか、あの若さでさらに店を大きくしている」

保川は滔々《とうとう》と語り聞かせた。

その時、弾《はじ》けるような笑いが起きた。

筆太郎が目を移すと、留守居役の段田がしきりに頭を掻いている。察するところ、先程の〈当たり尽くし〉のやりとりを、小泉らにからかわれているようだ。

総三を交え、小泉と奈村の三人は揃って明るく表情豊かで、幼馴染み、竹馬《ちくば》の友といった雰囲気を醸《かも》し出している。

小泉は総三に信頼を寄せ、藩の経済の一翼を担《にな》わせているのだろう。

漸く、小泉が待たせていた塗り駕籠に乗り込んだ。

秋草の家臣や家族らの見送りを受けて、小泉の一行は藩邸を立ち去った。

「素晴らしいお殿様だ」

小泉の気さくな人柄に、秋草の藩内の者はたちまち魅《み》せられた。

爽《さわ》やかに賑やかに、風のように来ては去った小泉と奈村、そして総三の三人に、笙太郎は主従の絆《きずな》の強さを感じた。

二

その日の午後、秋草藩江戸屋敷に老中奉書が届いた。

留守居役の湯原正兵衛が目を通すと、老中真部長門守からの呼び出しだった。

——いったい何事であろうか。

真部からの急な呼び出しに、湯原の顔は青褪《あおざ》めた。

塗り駕籠を用意させ、身支度をしながらあれこれ思い起こしてみたが、何等《なんら》、失態を犯した覚えもなかった。

——国許で何かあったのだろうか。

不安と戸惑《とまど》いを抱えながら、湯原は供も連れず、西の丸下の真部長門守の屋敷に向かった。

通された客間で、湯原は身を硬くして真部を待った。

廊下の障子《しょうじ》に人影が揺れた。

湯原が居住まいを正すと、障子が開いて、先《ま》ず、袴を脱いだ着流しの真部が不機嫌そうな面持《おもも》ちで入って来て、上座に就いた。

次いで、二人の武士が、湯原の斜向《はすむか》いに膝を折った。

湯原は軽く目礼を送りながら、下座の二人を盗み見た。

一人は初老だが、背筋は伸び、強い眼光を湛《たた》えている。

今一人は、さらに年配の小柄で才気走った男である。

「真部じゃ」

「秋草小城家江戸留守居役、湯原正兵衛にござりまする」

「面《おもて》を上げるがよい」

肌艶こそ衰えは隠せぬが、その声は低く力強く、見据える眼差《まなざ》しはさすがに迫力がある。

「某《それがし》は、大目付の坂入能登《さかいりのと》。これは」

「目付の若生寛十郎《わこうかんじゅうろう》でござる」

大目付と目付が列席とはよほどのことであり、湯原は得体の知れぬ不安に包まれ、体から血の気が引くのを覚えた。

「湯原とやら、秋草藩に抜け荷の疑いありとの報告を受けた」

「ぬ、抜け荷ですと……？」

思いもよらぬ真部の言葉を耳にして、湯原の胸は烈《はげ》しく強打されたように痛み、発条《ばね》に弾かれた如《ごと》く驚き顔を上げた。

「当家に限って左様《さよう》な悪事は断じて……」

「お控えなされよ」

うろたえる湯原の言葉を、若生寛十郎の叱声《しっせい》が遮《さえぎ》った。

「某どもの調べでは、半年前、秋草領内の湊《みなと》で密《ひそ》かに大量の水油が船から船に積み替えられた形跡がござる」

さらに坂入能登守に畳みかけられたものの、全くの寝耳に水である。

湯原は混乱で頭の中が真っ白になった。

「しっかりとお調べくだされ。もし、調べに手落ち、手抜かりがあらば、ご主君、大和守《やまとのかみ》殿ご出府の上、申し開きしてもらわねばなりませぬぞ」

寛十郎が、静かだが、見据えるように言った。

一方、浜町の秋草藩江戸屋敷では――

すでに御役目終わりの時刻は過ぎていたが、多くの家臣が居残っていた。七つ（午後四時頃）になっても、真部の屋敷に呼び出された留守居役の湯原が戻らないので、不安から様々に憶測が広がっていた。

国許で何か不祥事でもあったのではないか――

御手伝普請《おてつだいぶしん》でも命じられたのか――

いや、国替えかも知れぬ――

国替えならまだしも、まさか、改易《かいえき》ではあるまいな――

不安は不安を呼んでいた。

顔を寄せ合い、ひそひそと話す人の輪が藩邸内のあちこちにできていた。

そうした喧噪《けんそう》からは離れて、笙太郎は母屋の台所で、女中が淹《い》れてくれた茶を啜《すす》っていた。

「だいぶ浮き足立っておるわい」

藩邸内の様子を窺《うかが》い、戻ってきた村瀬が苦笑いを浮かべて、板の間に胡座を搔いた。

「何があったのでしょうね」

「皆目わからぬ。見当が付かぬゆえ、あれやこれや噂が飛び交うのだ」

その時、表で玉砂利《たまじゃり》を踏む音がして、伊三《いぞう》が顔を覗かせた。

「これは村瀬様、叶様」

伊三は身の丈六尺（約一八〇センチ）を超す陸尺半纏《ろくしゃくばんてん》を纏ったお抱えの陸尺で、湯原を乗せた塗り駕籠を担いで真部の屋敷に送り届けていた。

「おう、伊三。伊三がここにいるということは、お留守居役も無事にご帰還なされたということだな」

村瀬は冷えた残りの茶を飲み干すと、御用部屋に向かった。

何か御役目を命じられるものと覚悟を秘めた顔である。

藩邸に戻った湯原は、江戸藩邸の重役である次席家老と中老を自室に呼んで極秘の会談に及んでいた。

笙太郎は自室で書を開き、留守居役らの会談が終わるの静かに待っていた。

夜半になって、廊下で下女のお静の抑えた声がした。

「村瀬様からお使いです」

「すぐに行きます」

入口まで出て行くと、土間に村瀬家の下男が立っていた。

「夜分に申し訳ございません。叶様にご足労願いたいと、主が申しております」

「承知しました。参りましょう」

下男とともに村瀬の役宅を訪れ、明かりの灯《とも》る村瀬の部屋の前に膝を突いた。

「村瀬様、笙太郎です」

「入ってくれ」

笙太郎がそっと障子を開けると、村瀬が旅装で荷をまとめていた。

「すまぬな、夜分に」

尋常な用件ではないと察した笙太郎は素早く部屋に入り、障子を閉めた。

「村瀬様、もしや国許に」

村瀬は頷《うなず》くと、側に寄れと目で促した。

「お留守居役から内々の調べを命じられた」

藩邸に戻った留守居役の湯原は直《ただ》ちに文をしたため、国許に早飛脚《はやびきやく》を送った。次席家老らとの長い会談ののち、村瀬が呼び出され、国許に赴《おもむ》き、事情を調べるよう命じられたのだった。

「どのようなことを……」

笙太郎は声を抑えて訊いた。

「半年前に秋草領内に立ち寄った船を洗い浚《ざら》い調べ、詳細な報告書を提出せよとの命令だ」

「何のためでしょうか」

船を調べると聞けば、先ず思い浮かべるのは抜け荷と密航である。

「おぬしが思い浮かべた通り、当家に対する抜け荷の疑惑だ。秋草の湊で大量の水油が船から船に積み替えられた疑いがあると大目付に指摘されたらしい」

「まさか、左様なことがあるとは……」

「調べに些かでも手落ちがあれば、殿に出府を命じることにもなりかねぬぞ、と脅《おど》されたそうだ」

訝《いぶか》る笙太郎の顔色を見て、村瀬がこう続けた。

「難癖《なんくせ》かも知れぬ。もしも難癖だとするならば、何故、左様なことをするのか、その裏を読まねばならぬ」

村瀬の言う通りだろう。

「お留守居役を叱責したのが、大目付の傍らに臨席した目付の若生寛十郎殿だったそうだ。近頃は顔を合わせぬのかな」

「一別以来です」

「病だと耳にしていたので、目付などという激務が務まるのかと案じていたが、湯原様によると、随分と顔色がいいらしい」

辣腕《らつわん》の目付として名を馳《は》せた若生寛十郎は一度は養子を迎えて隠居した。ところが、その養子が度重なる不祥事を起こし、自らの手で成敗《せいばい》する羽目になった。改易を覚悟したのだが、公儀の信任厚く、再び、若生家の当主に復帰し、目付にも復職していた。

「お元気であれば何よりです」

「素《そ》っ気《け》ない言い方を致しおって。聞いているか、若生家は近く養子を取るらしい」

「耳にしております」

先日、ふらりと役宅を訪れた若生家の用人、北川作兵衛《きたがわさくべえ》から、近く若生家に養子を迎える旨《むね》の報告を、久右衛門とともに聞いた。

面と向かっては、顔を綻《ほころ》ばせて祝いの言葉を述べていた久右衛門だったが、作兵衛が帰るなり不機嫌な顔になった。

『筐太郎を養子にやっておけばよかった』

久右衛門はあからさまに愚痴《ぐち》をこぼした。

あまりに大仰《おおぎょう》に嘆《なげ》き、繰《く》り言《ごと》を続けるので、

『富籤《とみくじ》でも外れたみたいにいつまでも同じ愚痴を口になされますな、父上らしくもない』

笙太郎としても笑いながらだが、久右衛門をたしなめる一幕があった。

「たまには顔を見せたらどうだ、孫の」

村瀬は意味ありげな笑みを残して、国許に旅立った。

笙太郎の生母、信乃は、若生寛十郎の娘である。

すなわち、笙太郎と寛十郎とは、血の繋《つな》がった孫と祖父の間柄なのである。

笙太郎は察した。

村瀬は世間話のように寛十郎や若生家の養子縁組を話題にしたが、その言葉の裏で、秋草藩に降りかかった嫌疑の背景や経緯、その真意などを、寛十郎に会って探り出せと仄《ほの》めかしたのだ、と。

遠く半鐘が鳴った。

「また今夜も火事ですか……」

笙太郎は憂《うれ》いを浮かべた。

三

村瀬が国許に発った翌日。

笙太郎は手土産《てみやげ》をぶら提げて若生寛十郎の屋敷に向かった。

大身《たいしん》旗本の屋敷が建ち並ぶ表四番町《おもてよばんちょう》の武家地の一画にある若生家の長屋門で素姓を名乗り、寛十郎への面会を申し入れた。

程なくして、用人の北川作兵衛がにこやかな顔で迎えに出て来た。

「叶殿、よう参られた。今日は何用じゃな」

「寛十郎様のご機嫌伺いに」

「おう、殿もさぞお喜びになられることであろう、ささ」

作兵衛の案内で邸内に足を踏み入れた。

中庭の玉砂利を踏みしめながら、作兵衛が目敏《めざと》く笙太郎の手許に目をやった。

「それは殿への手土産かな」

「はい」

「鰻《うなぎ》じゃな」

作兵衛は鼻を鳴らした。

「蒲焼《かばや》きでございます、どうぞお手渡しください」

手土産を作兵衛に手渡した。

「かたじけない。お預かり致そう。時に叶殿、次に参られる折には、菓子などがよろしいですな」

「寛十郎様は鰻がお嫌いでしたか」

「あ、いやいや、鰻ではご相伴《しょうばん》に与《あずか》れぬからの。それだけのことじゃ、あははは」

作兵衛が罪のない顔で笑った。

前歯が一本抜けていた。

初めて会った頃は、常にしかつめらしい顔の作兵衛だったが、いくらか柔らかくなったようだ。前歯が一本抜けたことで顔に愛嬌が増したせいかも知れない。

広い中庭を作兵衛に付き従い暫く歩むと、蹄《ひづめ》の音と馬の嘶《いなな》きが聴こえた。

「殿は馬場においでじゃ」

邸内に造られた馬場で、寛十郎が気持ち良さそうに馬を走らせていた。

病を得たと聞いたが、寛十郎の体全体から潑剌《はつらつ》とした気が発散されていた。

思えば暫く馬にも乗っていない。

笙太郎は香取神道流《かとりしんとう》の免許皆伝である。香取神道流は総合流派で、剣はもとより、槍《やり》、薙刀《なぎなた》、手裏剣《しゆりけん》まであらゆる技の会得《えとく》に挑む。馬術が含まれているのは言うまでもない。

能ある鷹などとおこがましく思ったこともなければ、爪を隠しているつもりもない。だが、普段そのような様子を見せていないからだろう、父の久右衛門からそうした説明を受けた叔母《おば》から「笙太郎はそんなに強いのですか」と驚かれ、苦笑いをしたことがある。

笙太郎自身は、剣以外は一通りの基礎を会得したに過ぎず、その道一筋の者の技には足許にも及ばぬと謙虚《けんきよ》に思っている。

「殿」

作兵衛が呼びかけた。

笙太郎は庭の見える客間に通された。

暫時《ざんじ》あって、若生寛十郎が軽やかな足取りで現われ、上座に着いた。赤みの差した顔に、うっすらと汗が浮いている。

「よう参った。笙太郎、達者にしておるようだな」

声が弾んでおり、笙太郎の訪問を喜んでいる様子が伝わる。

「お蔭様《かげさま》にて、息災に過ごしております。寛十郎様もお顔の色艶がおよろしく、祝着至極に存じます」

「かたじけない。久右衛門殿もお変わりないか」

「相変わらず、骨董《こっとう》の類《たぐい》を買い集めております」

「それは祝着。ところで、秋草のお屋敷の様子はどうじゃ」

笙太郎の訪問の意図が昨日の留守居役呼び出しの一件にある、そうと察して水を向けたのだろう。

「はっ、朝から晩まで賑やかな一日でございました」

「朝から晩まで、とな」

寛十郎が訝しげな目をした。

笙太郎は、小泉吉之介の訪問で藩邸が大いに湧《わ》いた話題を話して聞かせた。

「真《まこと》に機智《きち》に富んだ御方でございました。明るく爽やかで、藩の者はこぞって心惹《ひ》かれました」

「機智に富んだ者が必ずしも天真爛漫《てんしんらんまん》とは限らぬ。実は淋しい心の持ち主ということも、ままあるものだ」

寛十郎は笑みを含んだ。

——おや。

意外だった。

寛十郎が淋しさを解する繊細な心の持ち主だとわかって、少しだけ、寛十郎が身近に感じられた。

「今や、ご老中真部長門守様と大奥総取締役菊島様の最も覚えめでたい人物が、小泉吉之介様だ」

寛十郎は含み笑いを浮かべて、話題を変えた。

「どうじゃ、町歩きをして、感ずるところはないか」

「はっ、富籤《とみくじ》の人気は高まるばかりです。あとは、水油の高値と、火事が多いのが気に懸かります」

笙太郎はさり気なく水油という言葉を持ち出して、昨日の老中による留守居役呼び出しについて探りを入れた。

「水油と申せば、過日の式日寄合《しきじつよりあい》にて、勘定奉行《かんじょうぶぎょう》の遠山《とおやま》様が憤《いきどお》っておられたわ」

式日寄合とは、勘定奉行、寺社奉行、町奉行の三奉行と、大目付、目付が寄り集まって開かれる定例の評定《ひょうじょう》のことである。

江戸に入るすべての品目は浦賀《うらが》の船番所で厳重に検閲しており、浦賀奉行より厳密な報告書を毎月提出させている。水油についても適正な数量が入っていると確認している。にもかかわらず、水油の価格が高騰しているとすれば、考えられる一番の理由は買い占めと売り惜しみである――勘定奉行はそう断じたという。

「水油の値が上がって得する者は誰じゃ」

「水油を多く手にしている者でございましょう」

寛十郎に問われて、笙太郎は素直に答えた。

「ふふふ、至極当然じゃな。さらに利を得ようと思えば、無理にでも手に入れるのであろうな」

何やら寛十郎が含みを持たせた時、作兵衛が来客を告げた。

「参られたか……すまぬ、客じゃ。笙太郎、秋草藩はとことん調べを尽《つ》くし、その潔白を証すことじゃ、とことんな」

寛十郎が瞬《まばた》き一つせずに笙太郎を見て、念を押した。

「日を改めて酒など酌《く》み交わそうではないか」

「ありがとうございます」

「鰻は今晩馳走《ちそう》になる」

寛十郎は相好《そうごう》を崩《くず》した。孫を見る祖父の目をしていた。

――とことん調べを尽くせ、か。

長屋門を出た笙太郎は、寛十郎の言葉を心の内で反芻した。

寛十郎の念押しが心に懸かっていたからである。


若生家の屋敷を辞して紺屋町《こんやちょう》に差しかかった時である。

笙太郎は、ふと、眉をひそめ、目を凝《こ》らした。

一町ほど先の、堀割に架かる小橋を渡ろうとする女の行く手を、二人の浪人が塞《ふさ》いで、薄ら笑いを浮かべている。

女は浪人の間を割って擦り抜けようとするが、押し止《とど》められた。

すると、啖呵《たんか》でも切るような強く甲高い声を、女が張り上げた。

女はお志摩だった。

するとそこに大柄の町人が仲裁に割って入った。

――あれは播州屋の総三。

青江藩主の小泉吉之介が秋草の屋敷を訪問した日、表門で見かけた人物だ。

浪人が襟《えり》を摑《つか》もうとした手を、総三はいとも容易に払い除けた。
笙太郎は訝った。
町人だが、総三には武術の心得がある。
そうとわかったのだろう、浪人らの顔色も変わった。
さらに総三に見据えられて、浪人らは苦々しげに立ち去った。
お志摩は礼を述べたあとで、総三に何やら懸命に訴えている風情《ふぜい》である。
総三もまた、親身にお志摩の声に耳を傾けているように見える。
あの二人はゆきずりではなく顔見知りのようだ。
やがて、総三とお志摩は左右に分かれて立ち去った。
「お志摩は何故、総三を知っておるのだ」
いつの間にか傍らに崇高がいた。
「崇高殿……やはりお志摩が気に懸かるのですね」
「立派になったの。顔貌《かおかたち》が父親に生き写しじゃ」
笙太郎の問いかけには答えず、崇高は感慨深げに言った。
その崇高の横顔を見て、笙太郎は小さく息を呑んだ。
崇高の目に涙が膨らんでいたからである。

「おのれ、おのれ、おのれ……」

双眸《そうぼう》を爛々《らんらん》と光らせ、両の拳を、そして全身を震わせた。

その心の奥底から込み上げているのは、怒りだろうか、憎しみであろうか。

崇高は笙太郎に向き直ると、いきなり、その胸倉を叩いた。

「笙太郎、わしを斬れ、斬れ、斬ってくれ」

「崇高殿……」

崇高は気を裂くような声を発すると、まるで身を投げるように堀割に飛び込んで消えた。

鳥居から身を投げたのもそうだが、崇高殿は何故、あのように我が身を責めようとするのだろうか。また、崇高自身が沸き上がる怒りの正体がわからず、戸惑い、さらに怒りを募らせているように見えるのだ。

――どうすれば、崇高殿の心の重しを除《の》けて、成仏させられるのだろうか。

笙太郎は問い続けていた。

四

笙太郎は厚姫に呼ばれた。

このたびの江戸下りに対する労《ねぎら》いの品を、厚姫の名代《みようだい》として八十八屋に届ける御役目を命じられた。

杉乃から預かった御家の家紋を染めた平包みに品物を包んで、伊勢町《いせちよう》にある八十八屋を訪ねた。

日本橋《にほんばし》の目抜き通りからは少し外れているが、それだけに周囲の店とは格段の違いを感じさせる堂々とした店構えである。

当家の経済を支えてくれているかと思うと、誇らしい気持ちになる。

厚姫の名代である旨を伝えると、直ちに奥の客間に通され、程なく主の忠《ちゆう》右衛門《えもん》が姿を見せた。

笙太郎は平包みを解いて、厚姫からの労いの品を忠右衛門の前に置いた。

「ありがたく頂戴致します。厚姫様にどうぞよろしくお伝えくださりませ」

忠右衛門は大いに感激して品物を押し頂いた。

歓談になると、国許からの荷が着いて藩邸内が大賑わいだったという話題に花が咲いた。

「お役に立てましたこと、この上なき幸せに存じます」

忠右衛門は胸を撫で下ろし、顔を綻《ほころ》ばせた。

去り際に、播州屋総三について訊いた。

「播州屋さんに何か」

「いえ、小泉様のご信頼がとても厚いように感じたものですから」

「播州屋さんが青江藩の蔵元であることはご存じかと思います」

忠右衛門はそう前置きしてから、播州屋についてあらましを説明した。

八十八屋と同じ蔵元であり、青江藩の経済を中心となって支えてきたようだ。

江戸では水油問屋の看板を掲げている。

「上方に菜種を作付けするための畑を持っているそうですね」

「よくご存じですね……そうそう、いまの主の総三さんは、絹物を身に着けません」

藩邸で見かけた総三の身形《みなり》が慎ましく映ったのは、そういうことだったかと、得心した。

「ご先代の教えを固く守っておいでなのです」

商売の基本姿勢は、「売り手よし、買い手よし、世間よし」。播州屋は近江《おうみ》に所縁《ゆかり》はないが、近江商人の信条こそ、商いの基本だと信じ、身の驕《おご》り心の驕りを常に戒《いまし》めた商いを心懸けている。

「あの若さで見識と信念を持ち、世の中の役に立ちたいと真に願う人物ですよ」

忠右衛門は太鼓判《たいこばん》を押した。

「小泉様と播州屋、それからあと一人、ご家来の奈村様とは、強い絆で結ばれているように思いました。羨《うらや》ましい主従関係です」

「あのお三方はお若い時分から随分と仲が良かった。それは偏《ひとえ》に、小泉様が身分の垣根を越えたおつきあいをなされたからでございましょう」

「なるほど」

「加えて、あのことが、さらに絆を強くしたのでございましょう」

忠右衛門が顔を曇《くも》らせた。

「あのことと申されますと？」

「あのお三方は揃って先代亡き後の後継者です。先代の皆様は、ご公儀の御手伝普請で、非業《ひごう》の死を遂《と》げられましたからねえ」

忠右衛門が顔を曇らせた。

「御手伝普請……」

筌太郎は小さく反芻した。


浜町の藩邸に戻り、八十八屋忠右衛門への遣いを終えた旨を厚姫に報告すると、役宅で普段着に着替えて、本所緑町《ほんじょみどりちょう》にある浅村藩の江戸屋敷に向かった。

千春の父、望月五左衛門と話をするためである。

今朝方、多恵からそっと耳打ちされた。

千春が相変わらず、仕立物の内職を続けているというのである。

「私から聞いたと言わないでください。告げ口しているつもりはありませんし、千春さんは叶家の嫁としてよく働いてくれていると思っておりますので」

多恵は声を抑えて言った。

無論、千春が内職を続けていることは筌太郎も気づいていた。

表門で門番に五左衛門への取次ぎを願うと、暫時あって、千春の弟の圭一郎が迎えに現われた。

「義兄上《あにうえ》、いらっしゃいませ」

「おう、圭一郎。皆に変わりはないか」

「はい、元気に過ごしております」

「仕事はみつかったか」

「いえ、私と姉で探しているところでございます」

「大変だな」

笑顔で返したが、やはり、妙だ。富籤で十両当たったというのに、どういうことなのか。

怪訝に思いながら、五左衛門と対面した。

「一別以来でございます、その後お変わりございませんか」

「うむ、婿殿も元気そうじゃな」

「お蔭様で」

一通りの挨拶を交わすと、本題に入った。

「千春が参りましたか」

「おう、参ったぞ。富籤が当たった翌日にな。おっ、さては婿殿の差し金であったか。馬鹿《ばか》に都合良く顔を見せると思っておったのだ。小遣いをやると申したら要らぬというので渡さなかった」

「そうでしたか。小遣いはともかく、千春は今も内職を続けております。なぜ千春が内職を続けねばならないのでしょうか」

笙太郎に訊かれて、五左衛門が口をへの字に曲げた。

「当座の暮らしにはお困りにならないかと思いましたが」

五左衛門は口許を尖《とが》らせて突き出し、ますます不機嫌そうである。

「婿殿は左様なことを申すために、本日は参られたのか」

「幼い圭一郎たちが望月家の暮らしを支えようと心を砕《くだ》いていることは、義父上もよくご存じでございましょう」

「わしが胸を痛めておらぬとでも申すのか」

五左衛門が気色《けしき》ばみ、上目遣いで睨《にら》んだ。三白眼《さんぱくがん》の白眼がさらに広がった。

「決して左様なことは……では、はっきり申し上げましょう。富籤で当たった十両の金は如何《いかが》なされましたか」

「手取りは八両。遣《つか》った」

富籤は、百両に当たっても、百両がそっくり手許に入るわけではない。

富籤は元来、寺社仏閣の改築や修復のための金を捻出するために、公儀が特定の寺社にのみ許可した興行であるから、御免富《ごめんとみ》と呼ばれた。従って、寺の改築改修費用として一割から一割五分が引かれ、ほかにも請負人の手数料が差し引かれて、手許に残るのは八割か八割五分程度である。

「何にお遣《おも》いですか」

「万年青《おもと》の鉢植えを買った」

「義父上《ちちうえ》には左様な道楽がございましたか。鉢植えの一つや二つ、楽しみにお買い求めになられるのはご自由でございましょう」

「一つや二つではない」

「はあ?」

「注《つ》ぎ込んだ。儲《もう》かると聞いてな」

五左衛門は腕組みをして横を向いた。

「十両すべてでございますか」

笙太郎が声を高くすると、

「八両だ」

と揚げ足を取ると、何か文句があるのかとでも言いたげに、五左衛門はじろりと目玉を転がした。

決して良いとは言えない三白眼の人相をさらに悪人顔にした。

その頑固、偏屈ぶりは一筋縄《ひとすじなわ》ではいかぬ手強さである。

——富籤が当たったのは、義父上に負けない偏屈者の幽霊のお蔭なのですよ。

ここまで出かかったが、思い止まった。

口にしたところで、五左衛門の不機嫌をさらに募らせ、三白眼で睨まれるのが関の山だからである。

五

頃合いを見計らい、笙太郎は亀島町の喜舟屋に向かった。

お志摩を慰《なぐさ》め、喜十の位牌《いはい》に手を合わせたいと思ったからである。

通りを歩いているうちに、幾度《いくど》となく通ったことのある道だとわかり、すぐに辿《たど》り着けた。

間口四間ほどの店には雨戸が立てられており、わずかに傾いた看板に廻船問屋「喜舟屋」とあった。

少し前までは、店の表には積荷が積まれていて、車や人の出入りも多く、活気に満ちていたように記憶している。

笙太郎は表戸を叩いて訪《おとな》いを入れた。

やがて、屋内に下駄《げた》の音が響いた。

「どちら様でしょうか」

お志摩の疲れたような声がした。

「叶笙太郎です、お父上に線香を上げたいと思い、伺いました」

戸が開いた。

「先日、お店にいらしたお武家様……ちょっとお待ちください。部屋に風を通してきます。閉めっきりにしてましたので、黴臭《かびくさ》いんですよ」

お志摩は恥じらいを浮かべて、奥に引っ込んだ。

暫時あって、戻ってくると、笙太郎を部屋に通した。

色褪《いろあ》せた畳の間の片隅に白布を掛けた小さな台があり、その上に、ぽつんと、白木の位牌《いはい》が置かれていた。

笙太郎は線香を上げ、手を合わせると、膝をにじり、お志摩に一礼した。

「わざわざありがとうございます」

お志摩も深々と礼を返した。

「叶様は、亭主にも、おとっつぁんとも、何の関わりもないじゃありませんか。

なのに、どうしてと言われても……これも何かの縁ですから」

「どうして……」

「縁……」

意外そうな面持ちのお志摩だったが、筆太郎の厚意に頭を下げた。

「もしや、喜十さんの生まれは紀《き》の国ですか」

「はい、紀州の和歌浦《わかのうら》です。ですから、うちの船は和歌浦丸といいます」

「やはり。それで屋号を、喜ぶ舟と書いて喜舟屋としたのですね。でも、紀の国の人がどうして東国に来たのですか」

「おとっつぁんは、旅網《たびあみ》だったんです……」

お志摩が喜十の位牌に目をやり、静かに身の上を語り始めた。

旅網とは耳慣れない言葉だが、流しの漁民のことをそう呼ぶのだという。

旅網という言葉を聞いたのも初めてであり、流しの漁師がいることすら知らなかった。

紀州の生まれの喜十は息子の喜三郎が十五歳になった頃に安房に流れ着いた。

お志摩は相馬《そうま》の寒村に生まれ、人減らしで江戸に出た。誰も身寄りのない江戸でありつける仕事は水商売しかなかった。いつしか荒《すさ》んだ暮らしに疲れ、逃げるように江戸を離れた。

一方、喜三郎も浮き草のような長い海の旅暮らしに疲れていた。

そんな二人が、保田《ほた》の湊の一膳飯屋で出会い、互いに心を惹かれあった。

夏のある晩、店の看板まで残っていた喜三郎が、「風呂《ふろ》代わりにひと泳ぎしに行くが一緒に来ないか」とお志摩を誘った。

お志摩は山暮らし、川はあっても泳げなかった。

水が苦手では漁師の女房にはなれない。

いつしか喜三郎に心惹かれていたお志摩は喜三郎の誘いを受け、足の着く浅瀬で泳ぎを教わった。

夜遅く、川のせせらぎを聞きながら、草叢《くさむら》で着物を脱ぎ、生まれたままの姿になって水に入った。

月の光が水面を照らす。

静かな流れの中には二人しかいない。

泳ぎを教わりながら、いつしか若い二人は抱き合い、求め合い、流れの中に身を任せた。

お志摩は至福の中にいた。

「昔のことです……すみません、つまらない話をお聞かせしてしまいました」

喜三郎との昔を話し終えると、お志摩は恥ずかしげに俯《うつむ》いた。

笙太郎は、若い二人の心と体のふれあいを好ましく聞き、胸が温かくなった。

「それから家族三人力を合わせて働いて、五年前に船が持て、こうして江戸に店も持てて……やっと、やっとこれからという時に……」

お志摩は目に涙を溜め、唇を震わせた。

気丈なお志摩が初めて見せた涙が、積年の労苦と今の堪えきれぬ辛さを顕《あら》わしていた。

笙太郎はそっと手拭いを差し出した。

「ところで、お志摩さん。播州屋の総三殿と知り合いのようですが……」

お志摩が落ち着くのを待って、笙太郎は肝心《かんじん》のことを訊いた。

「播州屋さんには申し訳ないことをしてしまいました」

「どういうことでしょうか？」

「亭主の運んだ荷は播州屋さんからのご依頼だったのです」

「そうだったのですか、何を運んだのですか」

「わかりません。ただ、上方で河内屋さんが大事な荷を用意しているからと言われて……」

「河内屋、ですか……一つの仕事には多くの人が携《たずさ》わるのですね」

「播州屋さんにはご損をお掛けしてしまいました。それでもご主人の総三さんは、一言も私たちをお責めになりませんでした」

「大店とはいえ、なかなか度量が広いですね、総三殿は」

「青江藩のお屋敷からも特にお咎《とが》めはありませんでした」

「どういうことでしょうか」

お志摩の口からいきなり青江藩の名が出て来て、笙太郎は聞き咎めた。

「荷は青江藩から請《う》け負《お》ったと、総三さんが言ってました」

「ああ、播州屋は青江藩の蔵元でしたね、なるほど」

笙太郎は確かめるように言い、胸の奥で何かが小さく弾ける音を聞いた。

「小耳に挟んだのですが、お志摩さんは何処かの船の上にご亭主を見かけたような気がしたと言って、役人からお仕置きを受けたそうですね」

「ええ、誰も信じちゃくれませんけど」

「総三殿にも、同じ話をしたのですか」

「お疲れなのでしょうって、慰められました」

お志摩は小さく苦笑を洩《も》らした。

六

筆太郎は瓦版屋《かわらばん》の文三に頼んで、北町奉行所の定町廻《じょうまちまわ》り同心、小出軍十郎《こいでぐんじゅうろう》に会う段取りを付けてもらい、茅場町《かやばちょう》の番屋で待った。

お志摩が食ってかかっていた同心が軍十郎だと文三から聞いて、話を聞きたいと思ったのである。

「あっしが可愛《かわい》がってもらっている旦那《だんな》で」

文三はそういう言い方をしたが、同心と瓦版屋とくれば、互いに持ちつ持たれつの間柄なのだろう。

この茅場町の番屋は土間が他所《よそ》より広く、板の間には囲炉裏《いろり》が切られている。定町廻り同心らが寄り集まる場であり、奉行所に送る前の取調べに多用されるのだろうか。冬場には冷えた体を温めるのに重宝するだろう。

文三と一緒に囲炉裏の前で待つこと四半刻（約三十分）、表で男にしては少し高めだが良い喉で、小唄の一節を唸る声が聴こえた。

勢い良く腰高障子《こしだかしょうじ》が開いて、顔を覗《のぞ》かせた同心が、ぎょろりと、大きな目玉を転がして番屋の中を睨むようにして見た。帯は粋《いき》だが、年は四十半ばだろうか。

「小出の旦那」

文三が膝を折って向き直り、揉《も》み手をしながら出迎えた。

「俺を呼び出すとは、文三、随分出世したもんだな」

同心はわざと抑揚《よくよう》のない口調で言った。

「えっへへへ」

文三は作り笑いをしながら頭に手をやった。

「叶様、北町の旦那の小出軍十郎様です」

文三が筌太郎に紹介した。

「秋草小城家家中、叶筌太郎です」

「北町奉行所定町廻り、小出軍十郎」

軍十郎も名乗り、向かいに胡座を掻いた。

文三がいそいそと茶を淹《い》れる。

「何やらお話がおありだと、承《うけたまわ》ったが」

肩肘《かたひじ》張っている軍十郎だが、笙太郎が大名家の家臣だということを慮《おもんぱか》ったのか、軍十郎から口火を切った。

「小出殿、お志摩のことでお伺いしたいのです」

「お志摩……？」

軍十郎が惚《とぼ》けたような声を上げた。

「お志摩は何故《なにゆえ》、敲《たたき》など受けたのですか」

文三からあらましは聞いていたが、軍十郎本人に改めて確かめた。

「ああ、あの女のことか……死んだ亭主を見たなどと、たわけたことを申したからよ。亭主は生きている、調べ直せとほざきおった」

川に突き落とされて濡《ぬ》れ鼠《ねずみ》になったお志摩が、気丈にもここにいる軍十郎に食ってかかっていた光景が目に甦《よみがえ》った。

「お志摩の亭主が乗っていた船が難破したそうですね、半年程前に。船はもとより、荷も船乗りも何一つ見つからなかった、そうでしたね」

「従って調べようがない。船は沈んだものとして、早々に浦仕舞《うらじまい》となった。叶殿は、お志摩とどのような間柄ですかな」

「ゆきずりです」

「ゆきずりですと」

何でこんな奴を連れてきたのだと言わんばかりの軍十郎にじろりと睨まれて、文三が小さくなった。

腰を浮かしかけた軍十郎を繋ぎ止めるように、

「十日ほど前には、お志摩の舅が命を落としていたとわかりましたね」

笙太郎が鋭く畳みかけた。

軍十郎は、ぎょろりと、笙太郎に大きな目玉を転がした。

「あの時は亭主ばかりか舅までが行き方知れずになって、お志摩は不安に怯えていたのでしょう。たとえ他人の空似だとしても、亭主によく似た人物を見かけたとすれば、取り乱しても無理はないと思いますが」

軍十郎は浮かしていた腰を再び下ろした。

「どうやら叶殿は、お志摩に敲を食らわせた訳よりも、ほかに知りたいことがお有りのようですな」

なかなか察しのいい軍十郎に、笙太郎は微笑みを浮かべた。

「お志摩の舅の喜十が斬られた事件について聞かせてください」

「俺は直《じか》に事件の取調べに関わっていない。詳しいことは知らねえよ」

軍十郎は先《ま》ず断わりを入れた。

「今更何だって、あの辻斬りのことをお知りになりたいんで」

「喜十を斬ったのは、どこの家中ですか」

笙太郎は鎌《かま》をかけた。

「どこの家中？　ははは、叶殿は面白い御仁《ごじん》だ。何を根拠に、左様なでたらめを」

「事件から十日近くも経って下手人の目処《めど》一つ立たぬとは、天下の北町奉行所の面目が立たないのではありませんか」

「北町の面目ねえ」

軍十郎は目を逸《そ》らす。

「小出殿は嘘がつけぬ御仁ですね」

「そんなにつまらねえ男に見えるのかい、この俺は」

軍十郎が凄んでみせた。

「ふふふ」

笙太郎はそれくらいの威嚇《いかく》では動じない。

「嫌な笑い方しやがる」

何を思い出したか、苦々しげな表情を浮かべると、軍十郎が自ら話し出した。

「この事件は端《はな》っから妙ちくりんでな。上は俺たちの尻を叩かない、何だか林檎《りんご》が腐《くさ》って枝から落ちるのを待つみてえに、くらがりに落ちるのを待っているみてえなのさ。だから、誰も下手人探しに身が入らねえのよ。いつの間にやら、ちゃんちゃん、だな」

軍十郎は、ふん、と不快気に鼻を鳴らした。

事件の幕引きのあまりの早さ、手回しのよさに、誰かが町奉行に手を回したのだろうと、笙太郎は推測した。

「ありがとうございました。尚更《なおさら》、斬った者の名が知りたくなりました」

「名前なんか聞かないほうがいいな」

軍十郎は、灰に突き刺してあった火箸の一本をもてあそび始める。

「どうしてですか」

「名前なんか聞くと、妙に人物が立ち上がってくる」

「面白いことを仰いますね」

「好いた女に昔、男がいた。お前ぇみてえな別嬪《べっぴん》に男の一人や二人いたからって気にするかよ、見損なうねえ。男はそう気取る。ところがだ、何かの拍子にその男の名前を聞いちまう。すると、にわかにその男の存在が大きく立ち現われてくる、そんな経験ありませんか、叶殿は」

聞いていて、笙太郎は思わず笑みをこぼした。

軍十郎に親しみが増した。

軍十郎はにやりと笑みを投げ返して、続ける。

「敵の名前なんざ、なまじ知れば恨《うら》み心も燃え立つ。敵を討とうなどという無茶な考えにも囚《とら》われる」

「泣き寝入りしろと仰るのですか」

「生きる知恵、世間を渡る便法、そう言ってもらいてえな」

笙太郎は、軍十郎の表情、仕草、声にじっと注意を払って聞いていた。

「おっとりしているように見えるが、叶殿は実は切れる御仁と見込んだ。だからこそ、そう言ったまでだ。誰にも同じことは言わねえ。覆水《ふくすい》盆に返らず、だ」

「覆水とて、一滴一滴掬《すく》い取れば、盆に返らぬとは断言できません」

だが、軍十郎は笙太郎の熱を押し返し、頑《がん》として口を割らない。

それはそれで天晴《あっぱ》れというしかない。

「長々お引き止めしてすみませんでした」

笙太郎はここは素直に引き下がろうと決めた。

「いい潮《しお》だ」

軍十郎は囲炉裏の縁《ふち》を叩くと、腰を上げた。

笙太郎も土間に下りて軍十郎を見送った。

「小出殿、それを」

腰高障子を開け、表に出た軍十郎を笙太郎が呼び止め、手を差し出した。

軍十郎は、手にしていたままの火箸に気づいて苦笑いすると、笙太郎に渡して、そのまま立ち去った。

軍十郎の唄声が聴こえ、やがて遠ざかった。

笙太郎から渡された火箸を灰に突き刺した文三が、

「小出の旦那も、訳のわからねえ落書きなんかして……」

「ちょっと待て」

笙太郎が声を張ったので、文三が驚いた顔で消そうとした手を止めた。

軍十郎が座っていた側に回り込んで、その落書きを睨んだ。

「文三、鏡」

「旦那、ここを何処《どこ》だと思ってるんで。髪結床《かみゆいどこ》じゃねえんですから、そんな気の利いた物があるわけねえでしょ」

「では、紙を一枚取ってください」

文三が番太郎が使う文机《ふづくえ》の辺りを捜す間に、笙太郎は矢立てを取り出した。

「ありましたか」

笙太郎は灰の上を睨みながら、文三が差し出した紙に〈落書き〉を書き写した。

写し終えたその紙を文三に手渡す。

「何ですか、これは」

文三は一目見ても何が書いてあるのかわからず、首を傾《かし》げている。

「裏返して、日に翳《かざ》してみてくれ」

文三は言われた通りにすると、上から順に、「亜」「お」「江」と読める。

「あ、お、え……旦那」

文三が声を弾ませた。

「鏡文字だったのです。文三、もうわかりますよね」

文三が音高く一つ手を打って答えた。

「喜十を斬ったのは青江藩の家中、そういう意味ですね?」

「と、思われますね」

「手の込んだ真似《まね》をなさいますね、小出の旦那も。歪《ゆが》んでる」

不届きを口にしながらも、文三が気持ちを昂《たかぶ》らせた。

「旦那、調べが進んだら、いの一番に、この文三様に。頼みましたぜ」

「文三、世話になりましたね」

笙太郎が番屋を出た時、若々しい女の唄声が降ってきた。

〽かんかんのう　きゅうれんす
きゅうはきゅうれんす　さんしょならえ
琴の声だ。

そう思った次の瞬間、ある光景が脳裏《のうり》を過《よぎ》った。

「琴、感謝します」

笙太郎が振り仰いだ。

その様子を、戸口で文三が気味悪そうに見ていた。

文三が気味悪がるのも無理もない。傍《はた》から見れば、笙太郎が笑みを浮かべながら天に向かって独《ひと》り言を口にしているとしか見えないだろう。

「だ、旦那、それじゃ、あっしはこれで」

逃げ出すように引き上げた文三などに目もくれず、笙太郎は遥か彼方に思いを馳《は》せていた。


十年近くも前のこと。

あれは芝《しば》の愛宕神社の前の道だっただろうか。

参拝を終えて、長い石段を降りている時だった。

石段の下の空地で、若い母親と幼女が数え唄を唄いながら手毬《てまり》を突いて遊んでいるのが見えた。

すると、一方から、若い男らの高らかな唄声が聴こえた。

〽かんかんのう　きゅうれんす
　きゅうはきゅうれんす　さんしょならえ

戯《ざ》れ唄を唄い、手を拍《う》ち、小躍りしながら、三人の若者が闊歩《かっぽ》してきた。

その内の二人は武士の身形《みなり》をしているが、一人は町人髷《ちょうにんまげ》を結っている。

武士の一人は高下駄を鳴らしている。

すると、三人の行く手に、女の子の手から こぼれた手毬がころころと転がっていった。

武士の一人が毬に足を取られて尻餅《しりもち》を突いてしまった。

蒼《あお》くなった母親が、座り込んでいる若侍の傍らにひざまずくと、地べたに額を擦《こす》り付けた。

「お許しくださいまし、お許しくださいまし、この通りでございます」

すると、高下駄の若侍が、ひょいと、手毬を拾い上げて腰を屈《かが》めた。

「酔っ払って毬をよけられなかったこの人が悪いんです、気にすることはない。そうですよね」

「小次郎、何を申しておるのか、さっぱりわからぬな。私はそこの小石を避《よ》けようとしただけだよ」

母親が顔を撥《は》ね上げた。そして、二人の若侍の顔を交互に見た。

「そうでしたか。それはお見逸れしました」

「かりそめにも武士たる者が、手毬などに足を取られたとあっては、これもんであろう」

尻餅を突いた男が腹に拳を当てて横に引いた。

「ということですから」

小次郎と呼ばれた高下駄の男が、優しい目をして母親の顔を覗き込んだ。

「ありがとうございます、ありがとうございます」

母親は安堵した顔で繰り返し礼を述べた。

小次郎は手招きして、女の子に手毬を手渡した。

「ありがとう」

女の子が笑った。

小次郎は女の子の頭を撫でてやり、すっくと、立ち上がった。

「さ、行きますよ」

「ここまで来て、お参りしないのですか」

それまで一言も口を利いていなかった町人髷の若者が言った。

「出世の階段を上ってですか」

高下駄の小次郎が悪戯《いたずら》っぽく笑い、手を顔の前で横に振った。

「出世など、どうせ私には無縁だと申したいのだな」

毬に足を取られた男が笑いながら立ち上がり、袴の泥を叩いた。

年は似たようなものだが、主従のようだ。

〽かんかんのう　きゅうれんす
　きゅうはきゅうれんす　さんしょならえ

高らかに放吟しながら、三人の若者が去って行った。

高下駄の若侍、小次郎の笑顔は、童子のような爽やかさであった。

笙太郎は現《うつつ》に戻った。

そして、確信した。

あの時の三人、毬に足を取られた若侍、高下駄の武士、そして町人髷の男が、若き日の小泉吉之介、奈村小次郎、そして播州屋総三の三人であると。

同時に、潑剌とした青春の息吹を発散させた若者たちを、憧憬《しょうけい》の目で見送っていた若き日の自分をも懐かしく思い出していた。

「ふふふ、しんみりしてる」

再び、琴の声が降って来た。

次の瞬間、あの石段が目に浮かんだ。

石段の中程あたりに、丈の短い着物を着た少女が腰かけている。

「いたのですね、あの時……」

笙太郎が思わず声に出した。

だが、琴から声は返らず、風が一陣、ひゅうっと、鳴った。


その夜遅く、寝間着に着替えた笙太郎は台所の流しの前で、指に塩を付けて歯を磨《みが》いていた。

突然、立ち眩《くら》みのような奇妙な感覚に襲《おそ》われ、身を支えるように流しの縁に手を掛け、目を閉じた。

線香の煙だろうか、一筋の白い煙が燻《くすぶ》るのが脳裏に映じた。

それは、何者かの手に握られた短筒から立ち上る煙で、短筒を握る男は、白壁道に植えられた松の木の上にその身を潜《ひそ》め、獲物を待ち構えていた。

その白壁道は秋草の江戸屋敷に続く道のようだ。

笙太郎は我に返った。

——誰かが狙《ねら》われている……もしや。

笙太郎は急いで自室に戻ると、着の身着のまま、おっとり刀で役宅を飛び出した。月明かりのない暗い中庭をざくざくと駆け抜け、脇門の戸を身体をぶつけるようにして押し開け、転げるようにして屋敷の外に出た、その時。

一発の銃声が轟《とどろ》いた。

笙太郎は顔を強張《こわば》らせ、目を凝らして闇を透かし見た。

道の向こうで人影が仰向けにばたりと倒れた。

時同じくして、松の木の上から影が一つ舞い降り、同時に道の左右から黒い影が倒れている人影に駆け寄り、一つの黒い塊《かたまり》となった。

「狼藉者《ろうぜきもの》」

笙太郎は鋭く声を上げると、抜刀して駆け出した。

すると、蠢《うごめ》いていた黒い塊がいくつかに分かれて駆け出し、そのまま闇の向こうに溶けるように消えた。

笙太郎は道に倒れている人影に駆け寄って息を呑んだ。

倒れていたのは、肩口を手で押さえ、顔を歪める旅装の村瀬だった。

「村瀬様」

村瀬の指の隙間からは血が溢《あふ》れ出ており、抱え起こした笙太郎の腕にも生温いものが浸《し》みた。

「しっかりなされませ、村瀬様」

笙太郎はすぐに村瀬を背負うと、藩邸内に駆け戻り、そのまま自分の役宅に飛び込んだ。

「千春、千春、千春」

笙太郎の高い呼び声に、羽織を羽織りながら寝間着姿の千春が出て来た。

笙太郎が村瀬を背負う姿を一目見るなり異変を察した千春は、

「すぐに手当てを」

と、先立って奥に急いだ。

千春が内職をしていた部屋に村瀬を担ぎ込み、横たえた。

旅装のままの村瀬の髪は脂《あぶら》っ気がなくなりぱさぱさで軋《きし》み、髭《ひげ》は伸び放題、袴は埃《ほこり》と垢《あか》に塗《まみ》れている。

村瀬の肩口は溢れ出た血でべっとりと黒ずんでいる。

千春が晒《さら》し布と焼酎《しょうちゅう》と傷薬を持って来た。

笙太郎は焼酎を口に含むと、村瀬の着物をはだけ、露《あらわ》になった傷口に吹き付けた。

村瀬が呻《うめ》いた。

傷口に晒し布を押し当てるが、布はすぐに真っ赤に染まった。

笙太郎は千春に言って下女のお静を呼ぶと、内々に村瀬家の下男下女に急を報せ、着替えや薬、晒し布を有《あ》りっ丈《たけ》届けるよう命じた。

騒ぎを聞きつけて、久右衛門と多恵が起き出して来た。

「勲四郎」

横たわり苦悶《くもん》する村瀬を目にして、ふたりが悲痛な声を上げた。

笙太郎は千春に応急の処置を続けるよう言うと、急ぎ留守居役の湯原の役宅に向かった。事情を報告し、御典医《ごてんい》の手配を依頼した。

湯原の要請を受けた御典医は直ちに笙太郎の役宅に駆けつけ、村瀬の肩口に食い込んだ短筒の鉛《なまり》の弾を摘出、傷口を洗い、薬を塗って晒し布を巻いた。

幸い、弾は急所を外れており、骨にも異状はないと聞いて、一安心した。

御典医には厚く礼を述べて、引き取ってもらった。

笙太郎は千春とともに、村瀬の汚れた手甲脚絆《てっこうきゃはん》とすり切れた草鞋《わらじ》を脱がせた。

「勲四郎は旅の身形だが、如何なる御役目であったのか……。大事な御役目とあれば、たとえ訊いたとて言わぬであろうが」

久右衛門が村瀬を案じた。

「いったい誰が、何のために、勲四郎の命を奪おうとしたのでしょうか。それも、短筒などで……惨《むご》いことです」

多恵が袖で目許を拭った。

無論、笙太郎とて、いの一番に考えたことだった。

村瀬が国許に向かったこと、その御役目が老中と大目付の命令だったこと、その命令の中身を知る者など限られている。

笙太郎は今更ながら気がついた。

村瀬が背負っていたはずの打飼袋《うちかいぶくろ》が奪われていることに、である。

懐中に納めていた物があったとすれば、おそらく何もかも奪われたに違いない。

村瀬の打飼袋が刺客らに奪われたとすれば、かれらは村瀬が受けた命令を把握しており、かれらにとって不都合な報告がもたらされるのを力尽くで阻止《そし》しようとした証ではないだろうか。

笙太郎の推測を村瀬に向けたら、村瀬は何と答えるだろうか。

村瀬ならば、にやりと笑って、こう返すのではないか。

「ふふふ、墓穴を掘りよったわい」

村瀬の含み笑いの顔を思い描きながら、笙太郎は真夜中の中庭に出た。

月明かりのない暗い中庭に立って、笙太郎は空を仰《あお》いで話しかけた。

「まだ予断は許さないが、村瀬様ならばきっとこの苦難を乗り越えるはずだ。

琴、報せてくれてありがとう」

「よかったね」

琴の声が谺《こだま》のように返って来た。

だが、村瀬は昏々《こんこん》と眠り続けた。

第三章　誤算

一

村瀬が刺客《しかく》の襲撃を受けてから三日が経った。

その日、若生寛十郎は大目付の坂入能登守に付き従い、城を下がった老中真部長門守の屋敷を訪れた。

客間に通され、暫時《ざんじ》待たされた後、着流しの真部が姿を見せて、上座に着いた。

「城中ではできぬお話かな？」

着座するなり、真部が嫌味を含ませた。

「先に秋草藩に調べを命じた一件につきまして、その後の経過をご報告致したく参上仕《つかまつ》りました」

坂入は畏《おそ》れ入りながら言上した。

「どのような話であったかな」

真部が惚《とぼ》けた調子で訊いた。

坂入は、秋草藩に抜け荷の疑いありとして、半年前に秋草領内に寄港したすべての船を調べ、疑惑を晴らす証を立てよと命じた一件だと説明した。

「ああ、あれか」

真部が頷《うなず》いた。

「実は、さきほど秋草藩江戸留守居役が報告書の提出の先延ばしを願い出て参りました。国許よりの使者が何者かに襲《おそ》われ、所持品の一切を奪われたとのことでございました。使いの者は重い傷を負い、未だ意識が戻らぬ有様とのことでございます」

「それで？」

「秋草藩に善後策を問い質《ただ》しましたところ、傷を負った者の快復を待つばかりでなく、新たな使者を国許に派遣し、改めて報告書をまとめると回答して参りました。つきましては、あと半月ばかりのご猶予《ゆうよ》をお願い申し上げます」

坂入とともに、寛十郎も一礼した。

「秋草を疑い、秋草に調べを命じたいと申したのは元々その方らではないか。その方らの判断に任せる」

真部は面倒臭そうに答えた。

夕餉《ゆうげ》を終えて自室に戻った筆太郎は、次の非番の日にどの日記帖を厚姫に読み聞かせようかと、何冊かの綴《つづ》りを文机《ふづくえ》の上に置いて読み返していた。

「旦那様《だんなさま》」

千春の抑えた声がした。

「どうぞ入ってください」

筆太郎が返事をすると、

「村瀬様がお気づきになられました」

千春が小声で告げた。

「すぐ参ります」

筆太郎は安堵《あんど》に胸を弾ませ、綴りを閉じてすっくと腰を上げた。千春を伴い、足を忍ばせて村瀬が養生する部屋に向かった。

部屋の中には仄暗《ほのぐら》い明かりが灯《とも》っていた。

「村瀬様」

笙太郎は廊下に片膝《かたひざ》を突いて、低く声をかけた。

「笙太郎か、入ってくれ」

中から村瀬の低いが力強い声が返った。

笙太郎と千春はすぐに部屋に入り、膝を折った。

行灯《あんどん》に羽織を掛けて明るさを落とし、村瀬は蒲団《ふとん》の上に起き上がっていた。

村瀬は笙太郎と千春に向き直ると、居住まいを正した。

「笙太郎、千春殿、この度は大変世話になった。この通りだ」

村瀬は深々と頭を下げた。

「村瀬様、よろしゅうございました。順調にご快復なされ、心よりお慶《よろこ》び申し上げます」

笙太郎に倣《なら》い、千春も礼を返した。

「村瀬様、茶漬けの用意などして参ります」

村瀬が笙太郎と二人きりで話したそうな様子を察して、千春が座を外した。

「さて、どこから話を致そうか……」

村瀬は呟《つぶや》くように言うと、頭の中を整理するかのように、暫《しば》し黙した。

「すでに気づいていると思うが、打飼袋《うちかい》も懐中の物も何もかも襲って来た者どもに奪われた。それで、晴れぬ頭で書いた……」

そう言うと、村瀬は蒲団の下をもそもそと探り、一枚の紙を差し出した。

その書付の紙面を一目見て、笙太郎の胸がざわめいた。

意識を取り戻した直後でまだ熱もあり、体も怠《だる》いなかで、国許での調べを思い起こして書き留めたのであろう。

その書付には、「播州屋、喜三郎、和歌浦丸、大奥、水油」という五つの言葉が墨書《ぼくしょ》されていた。

「播州屋、喜三郎……」

その内の二つの言葉を低く声に出してから、続けた。

「和歌浦丸……」

「江戸の廻船問屋『喜舟屋』の持ち船の名だ」

さらに、播州屋が荷主で、船長《ふなおさ》は喜三郎だと、村瀬が説明した。

「喜十の船が、如何《いかが》致したのでございますか」

「喜十とは何者だ。笙太郎、おぬしなぜ『喜舟屋』を知っている」

村瀬が訝《いぶか》った。

「喜舟屋の主《あるじ》です。船長の喜三郎は喜十の息子です。村瀬様、喜舟屋の船は行き方知れずになり、難破したとされました」

「難破だと」

「しかも、半月ほど前には、喜十が命を落としました、辻斬りに遭《あ》い……」

喜舟屋に相次いで降りかかった災難を耳にして、村瀬が顔を曇《くも》らせた。

「残りの二つ、大奥と水油は如何なる意味合いでしょうか」

笙太郎が訊いた。

「そのことだが……実はな、半年前に海が時化《しけ》て、多くの船がご領内で風待ちをしたことが判明したのだ」

「風待ち……」

空と海が荒れたことで、常ならば寄るはずもない多くの船が秋草のご領内の湊《みなと》で天候が静まるのを待ったというのである。

「ご領内で風待ちを認める時には、船の持ち主、積荷の内容、荷の依頼主、船乗りの員数、素姓に至るまで、その船に関わるすべての事柄を仔細《しさい》に聞き書きさせねばならぬのが決まりだ。ところが、だ」

村瀬は口許を引き締めた。

「当家の物見の船が一艘《そう》だけ積荷を調べておらぬのだ」

それは喜十の船だと」

笙太郎が即座に訊いた。

「相変わらず頭の巡《めぐ》りが良い。積荷を仔細に調べなかったのは、風雨がますます激しさを増してきて、先《ま》ずは船の安全を図るのが先決だと判断したのだと、御役目の者が言い訳をしておった。だが、敢《あ》えて詳《つまび》らかに調べなかったのは、荷が大奥御用だと申し出があったからだというのだ。無論、大奥御用の鑑札は検《あらた》めたと申しておったが……気になるのは、船内からは水油の匂《にお》いがしたと申しておったことだ」

村瀬の説明を聞きながら、笙太郎はお志摩の話を思い起こしていた。

喜舟屋は播州屋から「大事な荷」とだけ言われていた。

その大事な荷とは、大奥御用の水油だったのだ。

「天候が回復し、和歌浦丸は秋草の湊を出たが、浦賀の船番所には姿を見せず、そのまま行方不明となったというのだな」

「村瀬様、喜十に積荷を直《じか》に依頼したのは播州屋です。ですが、荷は青江藩から頼まれたのだそうです」

「誰が左様なことを」

「喜三郎の妻のお志摩と申す女です」

「青江藩……なるほどの……」

「それと、上方で船荷を積み込んだのは、河内屋の店の者だとも……」

笙太郎が付け加えた。

――播州屋、青江藩、そして河内屋。

――大奥御用、そして水油。

笙太郎がお志摩から聞いた話と、村瀬が国許で調べた事柄を、寄木細工《よせぎざいく》のようにぴたりと組み合わせると、ある構図が浮かび上がるように思えた。

「笙太郎、よく調べてくれた。そうか、そういうことであったか……」

いつもの癖《くせ》で、村瀬は顎《あご》を撫《な》でながら独《ひと》りごちた。

「如何《いかが》なされましたか」

「大目付殿が、と申すよりも若生寛十郎殿が、秋草藩に抜け荷の疑惑ありとして、ご領内に立ち寄った船を洗い浚《ざら》い調べろとなぜ命じたのか、思い至ったのだ、その理由《わけ》にな」

村瀬がにやりと笑いかけた。

村瀬が敢えて寛十郎の名を口にしたことで、笙太郎も閃《ひらめ》いた。

「もしや、若生寛十郎様は、行方不明になった喜十の船に初めから疑惑を抱いていた——それで、秋草に敢えて抜け荷の疑惑ありとして、調べを命じた、ということでしょうか」

「あくまでも推測に過ぎぬが、水油の積み替えが行なわれた形跡はなかったからな。それはわれらを動かす方便だったようだ。お目付殿はなかなかの狸《たぬき》だ」

村瀬は、にやりと笑って、こう続けた。

「おぬしから聞いた事柄も含め、明日にも、お留守居役にご報告致そう」

笙太郎は話題を変えた。

「ところで、村瀬様を襲った刺客は何者なのか、村瀬様を襲った理由は何なのかと、それはかりを考えておりました」

「それはわしも同じだ」

「風待ちの話を伺って、わかりました。その者らにとって不都合な事柄が村瀬様の手でもたらされる、そう考えたのですね」

「笙太郎の申す通りだろう。奪った打飼袋の中に何が納められているか、よく知っている者の仕業だ。しかし、書付は奪えても、このわしの命を奪えなかったのは拙《まず》かったぞ。その者らにとって、墓穴を掘ることになるやも知れぬ」

村瀬が小さく笑みを浮かべた。

「村瀬様ならば左様に仰《おっしゃ》ると、想像しておりました」

「わしの頭の中を読んでおったのか」

「はい」

「ふふふ。なれば、いま暫《しばら》くは、わしが助からぬ命だと、刺客や刺客を放った者らに思わせておくのが得策のようだな。明日、諸々をご報告した後で、お留守居役にもその旨を申し上げて口裏を合わせていただくとしよう」

「寛十郎様の謎掛けに、どのような答えを返すか、ですね」

笙太郎が村瀬に問いかけた。

切れ者として名高い寛十郎のことだ、半年前に浦賀に入津した船の一覧など、疾《と》うの昔に手許に取り寄せていることだろう。

秋草藩が報告書を提出すれば、二つの調べを直《ただ》ちに照合し、喜舟屋の船が浦賀に入らず通過したことなど雑作《ぞうさ》もなく調べ上げるだろう。

喜舟屋に辿《たど》り着けば、依頼主が播州屋で、荷は水油を含む大奥御用の品々、荷主は青江藩という事実に行き着く。その流れは必然であろう。

今後、喜舟屋と青江藩の繋《つな》がりに確証が得られれば、寛十郎と大目付は如何なる動きをするだろうか。

また、そのことにより、刺客を放った者には如何なる影響を及ぼし、如何なる動きをさせることになるだろうか。

その匙《さじ》加減が極めて難しく思えた。

「確かに難しい。だが、謎をかけられた以上、何か返さねばなるまいが……」

村瀬は難局を楽しんでいる様子にさえ見える。

だが、その顔にはまだ疲れが色濃く滲《にじ》んでいた。

「村瀬様、お体に障《さわ》ります、今宵《こよい》はこれまでに致しましょう。どうぞゆっくりお寝《やす》みください。明日、湯浴みの用意をさせます」

村瀬の体を案じ、筐太郎から区切りを付けた。

――さすがに青江藩主の亡父の幽霊が現れたとは口にできなかったな。

村瀬の部屋を辞した筐太郎は心の内で呟き、独り、苦笑いを洩《も》らした。

筐太郎は疑念を二つ抱いている。

一つは、喜舟屋の船、和歌浦丸のことだ。

和歌浦丸は難破したとして浦仕舞になっている。だが、果たしてそれを鵜呑《うの》みにしてよいのか、喜舟屋の船は本当に沈んでしまったのだろうか、という疑念である。

今一つは、幽霊の小泉崇高のことである。

崇高は、何者かの叫び声を聴いて目覚めたと言っていた。

また、崇高自身にはその自覚がないようなのだが、吸い寄せられるように、一度ならずお志摩の前に姿を現わしている。

崇高の魂《たましい》が目覚め、この世に姿を現わしたのは、あるいは喜十が斬られて死んだことに関わりがあるのではないか――それが二つ目の疑念だった。

二

凶弾を浴びて臥《ふ》せっていた村瀬と話ができた翌日。

笙太郎は播州屋に向かった。

直《じか》に一度、主の総三と話をしたい気持ちもあるが、ある仲介を頼むためである。

播州屋は、南部《なんぶ》坂の西方にある狭い町人地、麻布広尾町にある。

通りに面した店の間口は五間（約九メートル）ほどで、一見、大店《おおだな》の店構えには見えない。

だが、裏に回ってみると、店の奥行きが随分《ずいぶん》広いことに気づく。おそらく隣接した店や家を買い取ったのだろう。敷地の奥には白壁の土蔵が幾つも建ち並んでいた。

ふと、疑問に思った。青江藩の蔵元なのに、なぜ、藩の江戸屋敷のある本所《ほんじょ》柳原《やなぎわら》ではなく広尾に店を構えているのだろうか。

そんなことを考えながら暖簾《のれん》を割って店内に足を踏み入れると、心地よい具合に客を迎える声が飛んで来た。

すぐに応対に出て来た番頭に、素姓を名乗り、書付を一通取り出した。

「主の総三殿にお目にかかりたい。これは八十八屋忠右衛門殿からの紹介状です。総三殿にお手渡しの上、お取次ぎをお願い致したい」

その紹介状は、ここに来る前に八十八屋に立ち寄り、無理を言って忠右衛門に書いてもらったものである。

「叶笙太郎様でございますね、暫くお待ちくださいまし」

笙太郎から書付を預かると、番頭は奥に引っ込んだ。

幾許《いくばく》もなく戻って来た番頭に、丁重に客間に通された。

程なく、江戸屋敷に小泉吉之介が突如来訪した日、中庭で見かけた体格のいい男が姿を見せた。男は敷居際に膝を突いて一礼してから部屋に入り、下座に膝を折ると、改めて丁重に頭を下げた。

「お待たせ致しました。初めてお目にかかります、主の総三でございます」

あの日と同じ、黒い瞳と太い眉《まゆ》が印象的である。いかにも実直そうだが、立ち居振る舞いは爽《さわ》やかで武士を思わせた。

「秋草小城家家中、叶笙太郎です」

笙太郎も改めて名乗った。

「先日、小泉吉之介様に浜町の藩邸をご訪問いただきました。お見送りに参った折に、総三殿を中庭でお見かけしました」

「左様でございましたか、それはお見逸《みそ》れ申し上げました」

総三の表情が緩《ゆる》んだ。

「その身のこなし、総三殿は剣を学ばれましたか」

笙太郎の唐突な問いかけにも、総三は穏やかに答えた。

「お恥ずかしゅうございます、若い頃、お殿様のお供をして道場通いを致したこともございました」

総三は恐縮したように言い、話を続けた。

「ご丁寧に八十八屋さんからのご紹介状を頂戴《ちょうだい》致しました。お手間をお掛け致しまして、申し訳ございません。早速ではございますが、叶様、本日はどのようなご用件でございましょうか」

水を向けられた笙太郎は表情を引き締め、一拍置いて口を開いた。

「小泉吉之介様にお目通りを願いたいと存じます」

「お殿様に？」

「はい、つきましては、総三殿に、その仲介をお願い致したいのです」

「はて、叶様は歴《れっき》としたお大名のご家中でございます。そうしたご用件ならば、御留守居役様を通されるのが筋でございましょう。私《わたくし》奴《め》の出る幕などではないと存じますが」

総三が静かに笑みを向けた。

「よく承知しておりますが、私の用件は私にしか橋渡しができぬことなのです。しかしながら、小泉吉之介様にとりまして、大事な用向きと考えております」

総三が訝しげな目をした。

「総三殿は藩の蔵元というお立場ばかりではなく、小泉様と特に親しい間柄とお見受け致しました」

「親しい間柄などと、畏れ多いことでございます。叶様、叶様にしか橋渡しができない大事な用件とは、どのようなことでございましょうか」

総三が真顔を向けた。

「私がこれからお話しすることを聞いて、どうか怒らないでいただきたいのです。そのことをどうかお願いします」

笙太郎も真顔を返すと、総三が小さく笑った。

「私は正気であり、真剣なのです」

笙太郎が瞬《まばた》き一つせずに言葉を重ねると、総三も笑いを引っ込めた。

「困りましたね、何もお伺いしないうちからそのように仰られましても、何とご返事申し上げればよいのか」

総三が正直に戸惑《とまど》いを語った。

「もっともです」

笙太郎は一呼吸置いて続けた。

「申し上げます」

「承《うけたまわ》りましょう」

「用件は、小泉様の亡き御父上の幽霊について」

笙太郎はぴたりと総三に目を向けた。

「ふふふ」

どちらからともなく、笑いがこぼれた。

「叶様の仰られたままを申し伝えましょう」

「真ですか、かたじけない」

笙太郎は思わず身を乗り出して一礼した。

「いえいえ、生来の融通の利かぬ気質の私奴でございます、幽霊など到底考えの及ぶところではございません。私の言葉としてお殿様にお伝えする自信がない、それだけのことでございます」

総三はそう言って再び笑みを含んだ。

「叶様、ほかに御用はございませんか」

「いえ、取り込みのところをすまなかった。引き上げます」

笙太郎は片膝を立てたところで動きを止めた。

「なぜ、本所柳原の藩邸から離れたこの場所に店を構えているのですか」

「以前は目と鼻の先にございましたが、お殿様がお屋敷替えを命じられたものですから」

「そうでしたか……総三殿、お取次ぎのこと、よろしくお願い致します。小泉様にお目にかかれるといいのですが」

笙太郎はその場を辞した。


「風待ちとは……」

脇息《きょうそく》に凭《もた》れて、真部長門守は乾いた呟きを洩らした。

——誤算であったの。

真部ではなく、青江藩にとって、という意味である。

ここは、深川《ふかがわ》は永代寺《えいたいじ》門前町にある料亭の、踏み心地のよい贅沢《ぜいたく》な畳廊下の突き当たりの一室である。

床《とこ》の間や付書院《つけしょいん》まわり、欄間《らんま》、調度は、一見、簡素に映るが、いずれも一流の手による繊細な装飾が施されている。ひときわ目を引く群青《ぐんじょう》色の壁は「加賀《かが》の青漆喰」である。

ここは、幕閣並びにそれに準ずる格式の者しか利用できない、この店の中でも贅を尽くした最上級の部屋である。

最前まで、永年に亘《わた》り真部家に出入りする、三河町で水油問屋を構える河内屋九兵衛が酒肴《しゅこう》の相手をしていた。呼べば何があっても決して誘いを断わらない愛《う》い奴である。

だが、秘密の会合の刻限だとして、世辞《せじ》と詫《わ》びを繰り返し口にして帰った。

過日、大目付の坂入能登守から、秋草藩に抜け荷の疑惑ありとして調べを命じる旨の相談を受けた。

秋草藩の江戸留守居役を呼びつけて調べを命じたが、半年前の秋草の抜け荷など、真部は初耳だった。だが、それが虫の報《しら》せというものだろうか、妙に気に懸かり、河内屋を呼んだ。

半年前といえば、河内屋と謀《はか》って青江藩に水油の抜け荷を行なわせていたからだ。水油を運ばせた船は難破したとして、まんまと一件落着させた。

ところが、今になって河内屋の口から思いがけない事実を聞かされた。

半年前に青江藩に命じた抜け荷の船が、秋草領内で風待ちをしたというのだ。

河内屋は、半年前のことではないかと気にする素振りも見せないが、何にでも臆病なくらい慎重な真部は嫌な予感がしてならない。

千丈の堤も蟻《あり》の一穴からのたとえもある。

真部は直感した。

大目付の坂入能登守は、難破したとして浦仕舞にした船に疑惑を抱いているのではないか。

そして、坂入に入れ知恵をしたのが、若生寛十郎ではないか、と。

それ故、真部は河内屋に耳打ちしたのだ。

秋草の使者が国許から戻るのを待ち受けて襲え、と。

その河内屋が使いの者を走らせた先で呼びつけたのは、青江藩の蔵元で江戸では水油問屋を営《いとな》む播州屋総三と青江藩の家臣、奈村小次郎の二人だった。

内々に姿を見せた総三と奈村の二人に真部の命令を伝えた。

『進むも地獄、引くも地獄ですよ、お覚悟はよろしいですね』

『念を押されるまでもない』

奈村がきっぱりと返すと、河内屋はそっと短筒を差し出した。

そんな経緯があった。

秋草の使者を銃撃し、使者は瀕死《ひんし》の重傷だという。

いずれにしても、風待ちとは誤算だった。

そして、誤算が誤算を生むのはよくあることだ。そんな懸念が真部の脳裏《のうり》を過《よぎ》った。永年の、臆病な獣のような勘である。

――若生寛十郎をこのまま生かしておいてよいものかどうか。

秋草の使者の一人や二人の口を封じたところで、探索の目は、やがて青江藩と播州屋に向くだろう。だが、それはそれで構わぬ。危機が真部の身に及ぶ前に、幾許かの時を稼いで、その間にすべての証を消してしまえばいい。後は知らぬ存ぜぬを通して、さらに時を稼ぐ。場合によっては秋草藩を処罰し、御手伝普請《おてつだいぶしん》でも命じてくれよう。いよいよとなれば、青江藩の小泉も切り捨ててしまえばいいだけのことだ。

心の内で独り語りをしていた真部は、ふと、周りに目をやった。我知らず声に出していなかったかと、不安を覚えたからである。

――壁に耳有り。くわばら、くわばら。

真部は手酌《てじゃく》で、盃《さかずき》をあおった。

群青色の「加賀の青漆喰」の壁も、今の真部の目に入っていなかった。

その夜、播州屋はひっそりと静まり返っていた。

総三は、独り、仏間に引き籠《こも》っていた。

仏間の行灯には羽織を被《かぶ》せて明かりを半分に落とし、香を炷《た》いた。

先祖代々の霊を祀《まつ》った仏壇の前に端座、瞑目合掌《めいもくがっしょう》して、心を鎮《しず》めた。

そして、先祖の霊に、取り分け、異郷の地で濁流に呑まれて非業《ひごう》の死を遂《と》げた先代の霊に語りかけ、我が身の庇護《ひご》を願った。

「旦那様、お迎えの駕籠《かご》が参りました」

廊下で一番番頭の抑えた声がした。

総三は静かに目を見開いた。

「わかりました」

静かな決意を秘めて答えると、すっくと、立ち上がり、行灯に被せていた羽織を羽織った。

部屋を出て、一番番頭に仏間の火の始末を頼むと、裏口に向かった。

裏木戸を抜けると、辻駕籠が二挺《ちょう》、待機していた。

前の駕籠の傍《かたわ》らに立っていた商人風の男が、姿を見せた総三に丁重に頭を下げた。

「河内屋の一番番頭、百舌平《もずへい》でございます、お迎えにあがりました」

すると、暗い物陰に溶け込むように腰を屈《かが》めていた駕籠かきの男たちが、ぬっと、立ち上がった。

「主の総三です」

総三も黙礼を返してから名乗った。

「播州屋さん、主の言いつけで、ご無礼を一つお願い申し上げます」

「何ですか」

「はい、目隠しをお願いします」

百舌平は広めの黒い布を取り出した。

これから行く場所を知られたくないのだろう。

「河内屋さん、何てことを」

見送りに出て来た一番番頭が気色ばんだ。

総三は番頭を静かに制すると、受け取った布で目を覆《おお》った。

駕籠かきの支えを受けて、駕籠に乗り込んだ。

「参りましょう」

百舌平の声で、二挺の駕籠が播州屋の裏口を離れた。

総三を乗せた駕籠の一行は、不安げに見送る一番番頭の視界から暗い闇の中に溶けて消えた。

暫くして広い辻に出ると、そこで二度回って、再び駆け出した。

実に用心深い念の入れようだ。

その後も道は真っ直ぐに辿らず、幾度も辻を折れた。

水の流れの音が聴こえたので、川か堀割沿いを駆けた。

また、玉砂利を踏む音がして、さわさわと、草叢《くさむら》を踏み分ける音が聴こえたのは、神社を通り抜けたのだろう。

そうこうしながら、半刻（一時間）余り駆けて、漸《ようや》く駕籠が止まった。

「着きました」

百舌平の声がして、駕籠の垂れが撥《は》ね上げられる音がした。

再び、駕籠かきの支えで草履を履いて駕籠から降り立った。

すると、出迎えに出て来た別の者が総三の傍《かたわ》らにすり寄って、腕を取った。

男らに支えられて、家の中に入った。

「ご無礼な真似《まね》を致しましたな、総三さん、許してくださいよ」

どすの利いた声がした。

「目隠しを取っても構いませんか、河内屋さん」

総三は冷静な口調で訊いた。

「どうぞ、お外しください」

柔らかい声が返った。

総三がゆっくりと巻いていた布を取ると、眼前に、不敵な笑みを浮かべる小柄な男、河内屋九兵衛が立っていた。

顎の髭《ひげ》の剃《そ》り跡が青く、総三を見据える大きな目玉がぎょろりと転がった。目が慣れるまで、少し周りがぼんやりと霞《かす》んで見えたが、ここは高級料亭か何処かの寮の玄関先と思われた。

「ささ、こちらへどうぞ」

河内屋は総三を誰もいない一室に招じ入れた。

総三は河内屋の誘いに応じて、河内屋が主催する秘密の会合に加わった。今夜初めて会の顔触れに引き合わされることになっていた。

この河内屋は、元来は老中真部長門守の屋敷に出入りする米問屋だが、商いの利に聡《さと》く、儲《もう》かると見れば手広く業種を広げていた。大奥御用達の近道が砂糖問屋であると知れば、すぐさま砂糖問屋を買収し、江戸で一番儲かると言われる材木問屋から水油問屋まで営んでいる。

手を広げるためには手段を選ばない強引なやり口で店の買収を重ねてきた。

そうして利を得れば、公儀や大奥への献金・献上を惜しみなく繰り返してきた。

「よくぞ、私奴の仲間にお入りくださった、改めてお礼を申しますよ」

河内屋の慇懃《いんぎん》な挨拶《あいさつ》に、総三は黙礼を返した。

「江戸の大方の商人に比べて、播州屋さんは決して私に媚《こ》びなかった。しかしね、播州屋さん、悔しいが、あなたの商いの才覚には常に一目置いていたのですよ」

総三は再び一礼を返す。

再三再四の河内屋の誘いにも応じず、水油問屋の組合にも属せず、独自の商いを展開するので、恨みを買っていることはよく自覚していた。

「あのお言葉は今でも忘れられませんよ。水油は暮らしの大事な宝、値が上がれば民は暮らしに困ります、利を得るがために、品薄を細工するなど商人としてできません」

河内屋は声色を交えながら語り、せせら笑った。

「それがどういう雲行きか、私の仲間になりたいと仰る。言葉になさらないが、仄聞《そくぶん》するところ、お殿様をご出世あそばせたいがためとか。いやはや、聞きしに勝るお殿様思い、忠義の蔵元さんですな。あははは」

総三は目を伏せ、表情一つ動かさず聞いていた。

「それにしても、よい鴨《かも》、いえ、よい廻船問屋をみつけてこられましたな、喜舟屋とは……ご奉公の回数を増やすには、是が非でももう一艘、船が欲しかったですからねえ」

「………」

総三は聞き役に徹していた。

「またいつぞやは、白昼堂々、江戸湊に船を着け、水油を運び込むとは、播州屋さんは見かけによらず大胆だと、感心したのですよ」

「安房から陸路、江戸に運び込むのは手間が大変ですから」

総三は顔色一つ変えず、応じた。

「お蔭で、大奥に献上して喜ばれましたよ、恩に着ます。お殿様もお局様もご満足なされており、そろそろ播州屋さんをお仲間にお披露目しようと思った次第です。ご安心なさいまし。小泉様は若年寄になられますよ」

「真でございますか」

総三は初めて河内屋と目を合わせた。

「昼間、ご老中の真部様、大奥総取締役の菊島様にお目にかかりましたが、その席で、真部様がお打ち明けになられました。小泉様は明日にも御城に呼び出され、若年寄昇進が申し渡されることでございましょう。総三さん、これでご安心なさいましたか」

胸に安堵が込み上げ、総三は黙って一礼した。

「神妙なお顔をしていなさる。大石内蔵助《おおいしくらのすけ》も顔負けの忠義の御仁ですなあ、播州屋さんは」

河内屋が再び、高笑いをした。

「さて、そろそろ参りましょうか。皆様、お待ち兼ねでございましょう」

河内屋が総三を促《うなが》して部屋を出ると、先立って仄暗《ほのぐら》い廊下を奥へと向かった。

廊下の突き当たりに襖《ふすま》が見えた。

河内屋がその襖を一尺ばかり開けた。

部屋の中は明かりが抑えられて薄暗く、数人の人影が垣間見《かいまみ》えた。

河内屋に付き従い、部屋の中に足を踏み入れた。

そこには、目だけ空いた奇妙な灰色の頭巾《ずきん》を被った者が、床の間の上手に四人、下手に三人の計七人が座布団の上に座していた。

総三は、床の間を背にして河内屋の横に座った。

「皆様方に播州屋さんをご紹介する前に、一つ、懸案《けんあん》の事柄を片付けることに致しましょう。木曾屋さん」

河内屋が下手奥に座る男を指差した。

「会を脱退したいというのは本心ですか」

名指しされた木曾屋が河内屋に膝をにじった。

「ああ、本心だ。私は今宵限り、この会を辞める」

きっぱりと言い、頭巾を取って割り符のような木札を畳の上に置いた。

「会が生まれた頃は、互いの商いを繁盛《はんじょう》させるために互いに手を携《たずさ》え、困った時には援助をする、その精神に心を惹《ひ》かれて入会した。ところが、近頃はどうですか。ただただ利を貪《むさぼ》ることばかりに腐心している。私は、木材を売らんがために付け火をするなど、とても耐えられない」

木曾屋の言葉は総三の胸に突き刺さった。

だが、河内屋は冷笑を浮かべている。

「木は、何十年もの歳月を経て、木材となる木に育つのです。その木を使って建てられた家を、燃やしてしまうなんて、木が泣いております。私は、そのような商人の魂を地獄の鬼に売り渡してしまうような真似は二度としたくないのです」

「能書きはそれだけですか」

河内屋の目が据わった。

「以上だ。私は今夜限り脱会する。だが、安心して欲しい。私はこの会のことを決して他言することはない、それだけは信じてもらい……」

木曾屋の背後の屏風《びょうぶ》の隙間から突き出された長槍が、木曾屋の心ノ臓を深々と貫《つらぬ》いていた。

槍を手にした浪人が槍の穂を引き抜くと、木曾屋は声を失ったまま、仰向けに倒れ、絶命した。

この場にいる者と同じような頭巾をした者が二人姿を見せると、素早く木曾屋を部屋から引き摺り出した。

何が起きようと決して動じまいと、強い覚悟でこの場に臨んだ総三だったが、さすがに胸が痛んだ。

人殺しを目の当たりにしたことよりも、木曾屋の木への愛情に満ちた、商人の魂の籠った言葉が胸に深く突き刺さっていたからである。

河内屋が、総三に、にやりと笑いかけた。

「播州屋さん、お覚悟はよろしいですな。もっとも今この場で辞めると申されても、外の気は二度と吸えないと存じますが、あははは」

河内屋が間近の男に目配せをすると、その男が連判状《れんぱんじょう》のようなものを総三の前に置いた。

総三がその紙面に目をやると、会の成員らの屋号と名前が墨書され、名前の下には赤々と血判が押されていた。

初めて目にした会の成員は、皆、名だたる大店ばかりだった。

総三は動ずることなく署名し、用意された剃刀《かみそり》の刃に右の親指を当てた。鮮血が噴き出した指を署名の下に押し当てた。

河内屋の高笑いが頭の上から落ちて来た。

——これまで決して靡《なび》こうとしなかった私が頭を下げる姿を見て、まるで心を開かぬ女を力尽くで組み敷いたかのような歓びを味わっているのだろう。笑うがいい。私を仲間に引き入れ、何《いず》れは私の上方の菜種畑を奪おうというお前の魂胆《こんたん》など端《はな》っからお見通しなのだ。私はお前を利用するだけ利用する、殿のために、殿のご出世のために……。

総三は、じっと黙したまま懐紙で指を押さえた。

血はなかなか止まらず、紙を折り畳んで押し当てても、すぐに赤く染まった。

三

この日笙太郎は勝手方の御用部屋で、承認された伝票を台帳へ書き写す作業を黙々と行なっていた。

播州屋総三に小泉への取次ぎを依頼してから、三日が過ぎた。

亡き御父上の幽霊について――

そんな用件を小泉が真に受けるだろうか。

天衣無縫《てんいむほう》かつ軽妙洒脱《けいみょうしゃだつ》な小泉ならば面白がって応じてくれるに違いない、そう考えていた。思えば根拠のない自信だった。その自信も、日が経つにつれて次第に揺らぎつつあった。

御役目の間は訪ねてくる者はなく、一心に御役目に没頭し、七つに御用部屋を下がると、町歩きに出かけた。果報は歩いて待つよりなかった。

脇門を出ると、今日は河岸《かし》巡りをしよう、笙太郎はそう思い立った。なかなか良い思いつきに思えた。

魚河岸《うおがし》、材木《ざいもく》河岸、行徳《ぎようとく》河岸は皆知っている。だが、江戸の河岸は五十やそこらではきかぬだろう。

秋草藩江戸屋敷のある浜町にも浜町河岸があるが、菖蒲《あやめ》河岸から回り始めて、小網町界隈《こあみちようかいわい》を歩いた。

日本橋川沿いの河岸には、〈小網町河岸三十六蔵〉と呼ばれる白壁の土蔵が建ち並んでいる。

その白壁を背景に、何艘もの猪牙舟《ちよきぶね》や茶舟、渡し舟が行き交っている。

それらの船々の荷の積み降ろしの光景を、橋の上から旅人の一行が楽しげに眺めている。

橋の上を行き交う人々の間に、見覚えのある身形《みなり》の男の姿が見え隠れした。

その白い着流しの老武士が、筆太郎の方に駆け寄って来た、というべきか中空を飛ぶようにして間近まで寄って来た。小泉崇高である。

「今日も町歩きか。変わっておるな」

「ごく人並みかと思っておりますが」

「いいや、変わっておる。変わっている奴に限って、己《おのれ》は変わってない、人並みだと言い張るのだ」

「…………」

返す言葉もなく、苦笑いをこぼして歩き出すと、崇高がくっついて来た。

「その方には野心、野望というものがないのか」

「四十石の軽輩なれど、御役目に力を尽くすのみです」

「陪臣《ばいしん》の身では幕閣に入るのは叶わぬ夢だとしてもだ、秋草藩の中で功績を上げて立身出世をする、左様な気概《きがい》はないのか」

「日々の御役目に最善を尽くします」

「野心がないというのは気楽な人生だな。ま、いいだろう、ないものねだりをするような、分際を弁《わきま》えぬ無能な輩《やから》よりはましとも言える」

褒められているのか、いや、やはり軽蔑されているのだろう。

「一つだけ申し上げます」

「何なりと申すがよい」

「人の上に立つ者と商人において一流か否《いな》かには、私見を持っております」

「申してみよ」

「その違いは、御役目を果たす痛み、それがわかるかわからないかであると、私は思います」

「役目を果たす痛みじゃと? ふん、生意気を申しおる。人の上に立ったことも、商いをしたこともないくせに」

崇高が忌々《いまいま》しげに吐き捨てた。

「そうですね……でも、崇高殿はきっと藩主というお立場で、私などには窺い知れぬ困難に直面し、多くの痛みを経験されたのではありませんか」

笙太郎の言葉に、崇高は険しい顔で黙り込んでしまった。

崇高の死因と心残りも、もしかすると、その辺りにあるのかも知れない……。

不意にそう思えた。

「ところで、小泉様とはお会いになりましたか」

「それがの、屋敷に入れぬのでな」

「どうしてですか」

「屋敷のあちこちに魔除けが施してあるのだ」

「魔除けとは霊験《れいけん》あらたかなものなのですね」

「ぬかったわ、わしの仕業《しわざ》なのだ」

「はて」

「まさか、わしが貼った厄除けの札や魔除けの人形が、幽霊のわしを屋敷に入れぬことになろうなど、考えが及びもしなかったわい。あははは」

崇高が笑い飛ばした。

笙太郎も新年には厄除けの御札を買い、破魔矢《はまや》を飾る。笙太郎のみならず、誰しもが元気な時には、死んだ後のことなど考えず、購《あがな》っているだろう。

「崇高殿、私はこう推測しております。崇高殿の魂は、喜十の死がきっかけで目覚めたのではないかと」

そう言って崇高を見ると、崇高の表情に驚いた様子は窺《うかが》えない。小刻《こきざ》みに頷いて、むしろ、得心している風情である。

「わしもそんな気がしておるのだ。して、何者の仕業だ、喜十を斬ったのは」

「わかりません。ですが、まもなく真実が明らかになると思います」

軍十郎が囲炉裏《いろり》の灰に暗示した青江家中のことには口を噤《つぐ》んだ。

「その折には、笙太郎、逸早《いちはや》く、わしに報《しら》せるのだ、よいな」

居丈高《いたけだか》な口調は相変わらずである。

「承知致しました」

笙太郎の返事を耳にすると、崇高は強く一つ頷いて踵《きびす》を返した。その後ろ姿が人混みの中に紛れ、やがて消えて見えなくなった。

崇高と入れ替わるように、向こうから人混みを掻《か》き分けて駆けて来たのは北町同心の小出軍十郎だった。

軍十郎は辻を折れた。

笙太郎は軍十郎の跡を追った。

すると、その先の神社の周りに人垣ができていた。

軍十郎が乱暴にその人垣を割った。

嫌なものが笙太郎の目に飛び込んだ。

町人が鳥居で首をくくっている姿である。

その顔に見憶えがあった。

そこへ、仏の妻と惣領《そうりよう》だろうか、涙を堪《こら》える男女を従えてきた岡っ引きが軍十郎に言った。

「旦那、木曾屋の家族です」

やはりそうだった。

木曾屋といえば、三田の焼け跡に立ち尽くし、その後、愛宕神社に奉納する千両箱を運んでいたあの男に相違ない。

「致命傷は背中の刺し傷だ。首くくりは見せしめだな。この男に恨《うら》みを持つ者の仕業だろう」

軍十郎の声がここまで届いた。

それから間もなくして、胸が悪くなる嫌な話が聞こえた。

店の大黒柱を失った木曾屋の惣領の前に借用証文やら寄進の承諾書やらが束《たば》になって突き付けられたという。その総額は木曾屋の身代《しんだい》を傾かせるに十分過ぎる金高だった。

惣領は発狂せんばかりの悲鳴を張り上げ、幾許もなくして木曾屋は潰れた。

縁の下に巣食って蠢《うごめ》く白蟻《しろあり》の群れに柱を食い荒らされて、屋台が崩れ落ちたような不気味さを覚えた。


日暮れ近くに町歩きから戻った直後のことだった。

下女のお静が来客を告げた。

「どなただ」

「はい、小泉吉之介様のご家来で、奈村小次郎様でございます」

「すぐに仕度をする。お静、奈村殿に暫時お待ちくださるようにと、お伝えしてくれ。丁重にな」

逸《はや》る気持ちを抑えてお静にそう申し付けると、千春を呼んだ。

「急なお出かけでございますね」

千春に手伝わせて出仕用の着物に着替え、足袋《たび》も新しいのと替えた。

急ぎ、表門に向かい、脇門をくぐると、道の向かいに網代笠《あじろがさ》を被った長身の武士が立っていた。

その武士は笙太郎が戸を押し開ける音に気づいて、悠然《ゆうぜん》とこちらに向き直り、笠を取り、会釈を送ってよこした。

笙太郎も早足で近づくと、会釈を返した。

「奈村殿ですね、お待たせ致しました、叶笙太郎です。いつぞやはありがとうございました」

「その節は失礼致した。主が是非《ぜひ》お目に掛かりたいと申しておる。叶殿、これからご同行願いたいのだが、ご都合は如何かな」

笙太郎は快諾し、奈村に付き従った。

道すがら、奈村は幾度となく乾いた咳《せき》をした。

いつぞや秋草の藩邸に小泉に同行した折に見かけた時には、快活で表情に翳《かげ》りなど微塵《みじん》も感じられなかったが、今日の奈村は、頬《ほお》がやや細り、顔色も青白く見える。

奈村は青江藩の屋敷には向かわず、南の松島町《まつしまちょう》の方角に歩いた。

道々、振り売りの者、道具箱を担いだ大工職人、坊主《ぼうず》、浪人などとすれ違ったが、一様に、視線が注意深い色を浮かべているように感じた。

やがて、永代橋を望む大川端に係留された一艘の屋根舟が見えた。

頬被りをした船頭が立ち上がって迎えた。

船頭の手には竹刀《しない》だこがあり、武士だとわかった。この舟に近づくまでにすれ違った者らは皆、変装した小泉の配下なのだろう。事実、この大川端にも、其処《そこ》彼処《かしこ》に人の姿があり、猫の子一匹、この屋根舟に近づくことは叶わぬと思われた。

奈村が舟の傍らに片膝を突いた。

「殿、叶笙太郎殿をご案内致しました」

「入っていただくように」

舟の中から、柔らかだが、やや掠《かす》れた声が返った。

「どうぞ」

奈村が、舟の後方、艫《とも》の側の障子《しょうじ》を開けた。

笙太郎は差料《さしりよう》を引き抜いて奈村に手渡そうとした。

「お気遣い無用」

まるで外の様子が見えているかのように、即座に、快活な掠れ声が返った。

「どうぞこちらへ」

笙太郎は奈村に促されて、速やかに船内に足を踏み入れた。

背後で障子が静かに閉じられた。

笙太郎は差料を右脇に置いて、目を伏せたまま丁重に手を突いた。

背中から、障子紙一枚を隔《へだ》てて、奈村の静かな気が伝わってきた。

「秋草小城家家中、叶笙太郎にござりまする」

「よく来られた、面《おもて》を上げるがよい」

気さくな声に出迎えられた。

目を上げると、春の風を思わせるような爽やかな居住まいが眼前にあった。

青江藩主の小泉吉之介である。

「小泉だ。すまぬな、かように遅い時刻に呼び立てて」

「ご多忙のところ、わざわざお運びいただきまして、厚く御礼申し上げます」

笙太郎は丁重に頭を下げた。

小泉が表に向かって手を打ち鳴らした。

やがて、料亭の板前と思《おぼ》しき男が、仕出し弁当を二つ運び込んだ。

「粗餐《そさん》でもと思い、用意させた。さ、いただこう」

小泉はさっさと箸を手にして、刺身を一切れ口に放り込んだ。

「この鰡《ぼら》は釣ってすぐに板前が捌《さば》いたものだ。紅の色が何とも美しいではないか。さ、味が落ちぬうちに」

「いただきます」

笙太郎も勧められた刺身を一切れ口に運んだ。

一口嚙《か》むと、心地よい歯触りのあと、口中に旨《うま》みに溢《あふ》れた脂《あぶら》が満ちた。

どちらからともなく顔を見合わせ、笑みがこぼれた。

「脂の乗り具合がいい。だが、鰤《ぶり》よりあっさりしている」

魚好きなのだろう、講釈を垂れる小泉の目尻が下がっている。

「厚姫様はお健《すこ》やかにしておられるかな」

「はい、お蔭様にて、何事にも強いご興味を示されながら、お元気に過ごしておられます」

「利発そうで将来が楽しみな姫君だ。相変わらず、非番の日は日記の読み聞かせをしておるのか」

「はい、致しております。なろうことなら、世間の風俗、出来事ばかりではなく、些《いささ》かでも姫のお心に残る話をご披露《ひろう》致したいものと願っております」

「殊勝な考えだ。ところで、あの日の日記に、わしのことはどのように書いてくれたのだ」

「それは、ご勘弁願います」

「あははは、さては良からぬことをしたためたな」

そんな他愛もない、日々の暮らしの話をしながら弁当を食べ終えた。

筌太郎も、艫に控える奈村の鋭い気を背中の障子越しに感じながら食べ終えた。

小泉は、表で控えていた板前に弁当を下げさせると、奈村を中に入れた。

「叶とやら、本題に入ろう。用件は播州屋の総三から聞いている。わしの亡き父上の幽霊について、であったな」

小泉の顔は柔和だが、目は笑っていなかった。

用件は亡きお父上の幽霊について——そんな戯《たわ》けたことと一蹴されても仕方がないと思っていたが、小泉は、聞く耳を傾けてくれたようだ。

笙太郎は手を突くと、真顔でこう切り出した。

「私の申し出を愚《おろ》かな戯言《ざれごと》と一蹴なされず、ご多忙のなか、こうして時を割《さ》いていただきましたこと、改めまして御礼申し上げます」

今一度、深々と一礼した。

「父上が出て参られたか」

「はっ、幾度かお会い致しました」

「叶、わしは幽霊などという、目に見えぬものは信じぬ」

小泉にきっぱりと言った。

だが、笙太郎は臆せず冷静に問いかけた。

「小泉様、亡き御父上、崇高様を成仏させて差し上げたいとは思われませんか」

「人がその命を終え、荼毘《だび》に付すか埋葬致せば、すべては無。幽霊や霊魂などがこの世にあるはずはない」

「お言葉ではございますが、そのあるはずのないことが、この世には起きるのでございます」

「む」

「崇高様にも申し上げましたが、故人が成仏できずに、その霊魂が幽霊となって彷徨《さまよ》うのは、この世に心残りがあるからだと言われます」

「その方の申す通り、父上には心残りがあって成仏できないでいると致そう。だが、それは至極当然だと、わしはそう思う」

「小泉様は、崇高様の心残りをご理解なされ、それを晴らして差し上げられると、そのようにお考えでしょうか」

「そうだ。父上はもうじき成仏なされる」

小泉は自信に満ちた笑みを浮かべた。

「わかりました」

「ところで叶、父上とは何処《どこ》でめぐり逢《お》うたのだ」

「崇高様を初めてお見かけしたのは、私どもの朝餉《あさげ》の台所でございます」

「あははは、それは迷惑をかけたの」

「二度目は、富突が行なわれている神社の境内でございました」

「ふむ。父上は何故、左様な場所にお姿をお見せになられたのであろうな。人恋しかったのであろうか」

小泉は脇に控える奈村に目を向けた。

「はて」

奈村は表情を動かさず、静かに答えた。

「なぜ、屋敷に現われてくれぬのであろう」

「それは、お屋敷の各所に魔除け厄除けがあるからだと、苦笑いしておられました」

「それは父上が手ずから用意なされたのだ」

「左様に言っておられました」

「それでは屋敷にお入りになれるよう、魔除けの類は取り除くことに致そう」

苦笑いする小泉が、ふと、何か思いついた顔になった。

「父上は、亡くなられてすぐに幽霊のお姿になったわけではないようだな、叶」

「ご賢察《けんさつ》畏れ入ります。崇高様は私にこう申されました。何者かの叫び声のようなものを聞いて目覚めたのだと」

「ふむ」

「その声とは、どうやらある廻船問屋の主のようなのです」

笙太郎はさらりと続けたが、奈村の表情がわずかに動き、強張《こわば》ったように見えた。

「小泉様、崇高様とお会いになられますか？」

笙太郎の問いかけに、小泉は暫し黙した。

「いや、止めておこう……こうお伝えしてくれぬか。父上の果たせなかった宿願、この吉之介が果たす日がもうまもなく参ります。どうか、お心置きなく成仏なさってくだされ、と……頼めるか、叶」

「はっ、確《しか》と承りました」

笙太郎は一礼すると、重ねて礼を述べ、舟を降りた。

「ご足労をお掛け致した」

見送りに出た奈村にも礼を述べた。すると、舟の中では懸命に堪《こら》えていたのだろう、乾いた咳を繰り返した。

「お大事になされよ」

笙太郎は奈村を労《いたわ》った。

「叶殿」

「何か」

「この身に何が起ころうとも、私は最後まで殿をお守り致す所存」

奈村は強い覚悟を滲ませた。

〽かんかんのう　きゅうれんす

笙太郎は返事の代わりに、一節くちずさんだ。

「お忙しくて、もはやご一緒に唄われることなどないのでしょうか」

奈村が怪訝な顔をした。

「女の子に手毬を渡す時の目は優しかった、その表情は澄んだ空を吹き渡る風のように爽やかでした……」

「………」

奈村はわずかに眉をひそめた。

「三人の若者は、皆、夢を抱き、怖いものなど何もないように見えました。私は、三人が手を拍ち、唄いながら立ち去る後ろ姿をいつまでも、憧れの目で見送っていました。十年も前のことです」

笙太郎はさり気なく物陰にひそむ者にも視線を向けた。

「時は後戻りできぬ」

物陰の者に代わり、奈村が答えた。

笙太郎は今一度奈村に会釈して、その場を立ち去った。

笙太郎には目にすることは叶わないが、物陰から総三が姿を現わし、屋根舟の障子も開いて、小泉も顔を覗《のぞ》かせた。

「そのようなことがあったな……」

小泉が独り言を洩らした。

役宅に戻ると、家の奥から、何やら言い合う声が聴こえてきた。

声は離れからで、声の主は父、久右衛門と母の多恵である。

千春が小股で入口まで迎えに出て来て、三つ指を突いた。

「よいところへお戻りになられました」

「何があったのでしょうか」

笙太郎が差料を千春に預けた時、

「話は済んでおりませんよ」

再び、多恵の強い調子の声が聴こえた。

「義母上《ははうえ》様があのようにお声を高くなされるのを、私、嫁いで参りましてから初めて耳に致しました」

千春が笙太郎を見上げた。

「私は物心ついてから初めてです」

日頃おっとりとした多恵が、あのように高く強い声を張り上げるのを聞いたのは本当に初めてのことだった。

笙太郎は離れに急いだ。

「如何なされましたか、父上も母上も左様に大きなお声を出されて」

笙太郎は部屋を覗いて声をかけた。

中で趣味の骨董《こっとう》を並べ、手入れをしている久右衛門の間近に、膝詰め談判でもするように多恵が膝を折っていた。

「聞いてください、笙太郎」

多恵が膝をにじった。

「止《よ》しなさい、もう話は済んだ」

久右衛門が口を挟んだ。

「済んでおりませんよ」

多恵が尚《なお》も食い下がった。

笙太郎は静かにふたりの間に膝を折った。見ると、多恵は小さな紙袋を手にしていた。

「父上、父上は話は済んだと仰《おお》せられても、母上は納得されておられぬご様子。それでは話は済んだとは申せません」

「多恵の肩を持つのか」

久右衛門が渋い顔ですねてみせた。

「左様に子供のような言い草を」

「悪かったな、子供で」

「母上、今一度、順を追ってお話をお聞かせください」

笙太郎が優しく話しかけると、多恵は、次のような久右衛門とのやりとりを打ち明けた。

「これは何でございますか」

多恵が薬袋を久右衛門の目の前に突きつけた。

「お前に心配をかけたくなかったのだ」

久右衛門は、目に涙を溜めた多恵の顔をまともに見られず、目を逸《そ》らした。

「何故、よそのお医者様のお薬をお持ちなのですか。藩邸にもお医者様はいらっしゃるではありませんか」

「だから、皆に心配をかけたくなかったのだと申しているであろう。しつこいぞ」

「なぜ藩邸のお医者様に診《み》てもらわなかったのですか」

「何度も申すように、お前や笙太郎らに心配をかけたくなかったのだ」

「嘘ばっかり」

「わしがなぜ嘘など申さねばならぬのだ」

「お医者様に伺いました。このお薬は心ノ臓のお薬だというではありませんか」

久右衛門は、ぐうの音も出ない。

「あなたは、御家に病のことを知られるのがお嫌だったのです」

「たわけたことを」

「いいえ、御家に知られるのが怖かったのです。そうに決まっております。病のことが御家に知られ、皆様からあれこれ訊かれるのが嫌だったに違いありません。あなたは昔っからそうでした」

「昔から何だというのだ。昔のことは昔に申せ」

「怒鳴《どな》らないでくださいまし。旗色がお悪くなると、いつもそうして大声をお出しになるのは、私の申すことが図星だからでございましょう」

「旗色が悪いとは何だ、馬鹿者《ばかもの》」

久右衛門は怒鳴って話を終わらせようとした。

だが、それが逆効果で、話がこじれてしまった、そんな経緯だった。

多恵が話し終えたかと思うと、再び、久右衛門が声を荒らげて蒸し返した。

「父上も母上も落ち着いてください。そうやって声を荒らげれば、気持ちもささくれ立ちます。さすれば、売り言葉に買い言葉が飛び交うばかりで、何の解決にもなりません」

笙太郎にたしなめられて、久右衛門と多恵が恥ずかしげに俯《うつむ》いた。

「経緯はともあれ、案ずるのは何より父上のお体です。本当に心ノ臓が良くないのであれば、心配です。診ていただいたお医者様が信頼できる方であれば安心ですが、父上、当家の御典医にも診ていただいてください。そうすれば、母上もご安心なされましょう」

「わかった、そう致そう」

久右衛門は素直に答えた。

「母上、それでよろしいですね。今日はこれくらいに致しましょう」

多恵は納得したように一つ頷くと、手にしていた薬袋を久右衛門に返し、引き上げた。

「すまなかったな」

久右衛門がぽつりと言った。

「父上の心ノ臓がお悪いなどとは思いもよらず、私こそ気づいて差し上げられず、申し訳ありません」

「いや、わしの不摂生が祟《たた》ったのであろう。だがな、笙太郎」

「はい」

「重い病かも知れぬと告げられた帰りに、桜の花を見て思ったのだ。もしかすると、来年は見られぬのかも知れぬ、とな。それ故、たとえ永年連れ添った多恵といえども、直ちに打ち明ける気にはなれなかった。そちにもだ。先ずは独り、考える時が欲しかったのだ」

そんな久右衛門の心境もわかる気がした。

「わしの心ノ臓が、あとどれほど働いてくれるのか、わしはもとより、本当のところは医者にもわかるまい」

久右衛門は愛《いと》おしむように骨董の壺《つぼ》を撫でた。

これまでにも百年以上も生きてきたその壺は、大事に扱えばこの先もまた、百年でもこの世にあり続けるかも知れない。

「人の命には限りがあるという自明の理に、幾許かでも気づけたのは良かったと思う」

崇高の魔除けの札の話ではないが、何事も、頭でわかっているつもりでも、心で実感するのは容易ではない。まして命のことである。

はて、命に限りがあることをどれほど真剣に考えたことがあるか、生きてあることの幸せにどれほど感謝の念を抱いただろうか。そう思い返すと、ちくりと胸が痛むのを覚えるのだった。

「以前は、隠居なさったら一度国許に参り、国許の御城や山河を見てみたいものだと仰っておられました。近頃はとんと口になさいませんが、すっかり諦《あきら》められたのでございますか」

「同じことを多恵にも言われた。いや、諦めたわけではないのだ」

「いい機会です、お医者様にきちんと診ていただいて、安心できれば、国許への旅をお考えになられては如何ですか」

「そうだな、そう致そう。もし、不治の病であれば、命の残り火を如何に燃やすか、真剣に考えるであろうな」

その言葉を、久右衛門は格別に深い意味で口にしたのではないだろう。話の流れで素直に思ったままを口にしただけだと思う。

笙太郎は離れを辞して、母屋《おもや》に戻る濡《ぬ》れ縁《えん》を渡っていた。

ふと、琴の気配に気づいた。

琴は庭に咲く花の中に浮かんでいた。

「どうしました、琴。元気がないようですが」

「爺《じい》さん、しょんぼりしているの」

「どうしたことでしょうね」

「爺さんの気配に気づいた人がいるんだって」

「誰ですか、それは」

「奈村って人」

「青江藩の奈村小次郎殿でしょうか」

「多分。爺さん、やっぱり昔のお屋敷が懐かしくてよく行っているみたいね」

「なるほど」

「何でも、爺さんの腹心だった人の惣領で、腹心だった人は自分のせいで死なせてしまったって、そんなことも言っていた」

琴のその言葉を聞いて、思い出した。

浪人に絡まれるお志摩を助けた総三を目にした時の崇高の涙を、である。

笙太郎は、崇高の心残りを解き明かす鍵のようなものをみつけた気がした。

「琴、もしかすると、崇高殿を成仏させてあげられるかも知れませんよ」

「本当?」

「ですから、琴まで気落ちすることはありませんよ。お寝みなさい」

琴は素直に頷いて、花影の中に消えた。

ふと、久右衛門の言葉が耳に甦《よみがえ》り、次いで奈村の顔が目に浮かんだ。

今更ながら、奈村の、あの乾いた咳が気に懸かる。

もしや……と、悪い病の名が浮かぶ。

また、死期が近い者は感覚が鋭くなるという。

崇高が心を暗くしていたのは、そのことを思い浮かべたからではないか。

奈村は、己の命の短いことを自覚しているのではないか。

ふと、あの晩の別れ際の奈村の言葉が甦った。

「この身に何が起ころうとも、私は最後まで殿をお守り致す所存」

何やら、春に背いて散り急ぐ桜を、奈村に重ね合わせた。

――遠い日、眩《まぶ》しいほどに青春の息吹を振り撒いていた青雲の士に、いったい何があったのだろうか。

四

小泉吉之介が若年寄に昇進した。

小泉昇進の報は瞬《また》く間に江戸城中を駆け巡り、取り分け、小藩から喝采《かっさい》の声が上がった。

江戸留守居役会の席上でも、青江藩留守居役の段田から小泉昇進が披露され、段田が誇らしげにこう言い添えた。

「ご当主は晴れて信濃守《しなののかみ》を名乗られる」

小泉の若年寄昇進は、その会に出席していた湯原正兵衛から秋草藩江戸屋敷にも伝えられた。小泉が秋草藩邸を訪問した折の、その気さくな人柄に魅了された秋草の家臣やその家族らも気鋭《きえい》の快挙を喜んだ。

その数日後。

真部長門守の音頭により、向島《むこうじま》の料亭で小泉吉之介の若年寄昇進を祝う一席が設けられた。

群青色の加賀漆喰の一室に集ったのは在任中の老中と若年寄がそれぞれ三名、そのほかに若生寛十郎も大目付の坂入能登守とともに招かれて末席に着いた。

その席に参加する者らは、城を下がると、日の高い内に舟で向島に向かった。

大川堤の桜並木は今が満開、将《まさ》に春爛漫《はるらんまん》である。

折しも、花曇りの空の雲間から西陽が射して、桜の薄紅色を染めた。

桜堤を散策する者や、船遊びをしている者から一斉に歓喜の声が上がった。

天の神が造り出したとしか思えぬ、神々しいまでに光に満ちて華やいだ光景をおそらく小泉信濃守も目にし、将《まさ》に、我が世の春と胸を躍らせたことだろう。

黄昏《たそがれ》の中に、ぽつぽつと町に灯がともる頃、祝いの宴席が始まった。

寛十郎も坂入も、自分たちがなぜこの席に招かれたのかと怪訝な思いを抱いていた。

だが、席上、秋草領内の風待ちに触れる話は一切出ることはなく、小泉の機智に富んだ話にその場は終始笑いに満ちていた。

和やかな雰囲気のうちに、宴が一刻余りで終わる頃には、料亭の門前には立派な黒の漆《うるし》塗《ぬ》りに金箔《きんぱく》で家紋を押した駕籠がいくつも待機していた。

真部らは、帰りは駕籠で、三々五々、料亭を後にした。

真部らを見送った寛十郎は坂入とともに、それぞれ二名ずつの家来を従え、料亭を跡にした。

「夜桜でも眺めながら引き上げませんか」

寛十郎を誘ったのは坂入のほうだった。

寛十郎は歓迎した。

坂入が何か懸念を抱いていると、寛十郎はすぐに察知した。

帰りは多人数の方がいい。つまり、刺客でも襲いはしないかという懸念である。

帰りの道は、この時刻でも花見客が多い長命寺《ちょうめいじ》から川堤を辿《たど》った。

懸念をよそに何事もなく吾妻《あづま》橋を渡ったところで坂入と別れ、両国《りょうごく》方面に向かった。

浅草御蔵《あさくさおくら》を過ぎ、堀割に架かる小橋に差しかかった時である。

突如《とつじょ》、夜の風を切って飛来した棒手裏剣が家来が照らす提灯《ちょうちん》を射貫いた。

地べたに落ちた提灯が燃え上がった。

炎が寛十郎ら三人の姿を浮かび上がらせたと見えた次の瞬間、第二、第三の棒手裏剣が飛来し、寛十郎を庇《かば》う家来らの肩口や太腿《ふともも》辺りに突き刺さった。

寛十郎は素早く眼で周囲を窺った。そして、棒手裏剣が投じられたのが、堀割に浮かぶ小舟の上からだと断じた。

背後で女の悲鳴がした。

浅草御蔵の茂《しげ》みから逃げ出した夜鷹《よたか》と客の男を蹴散らすようにして、黒い人影がばらばらと現われ、寛十郎らの背後を取り囲んだ。

堀割に浮かぶ小舟からも、次々と黒い影が姿を見せ、鞘《さや》を払う音がした。

「何者じゃ。わしを目付、若生寛十郎と知っての狼藉《ろうぜき》じゃな」

寛十郎は鯉口《こいぐち》を切った。

黒い刺客の群れは無言で刃の円陣を狭めてくる。

「老いさらばえたが、何人かは生きて主の許へは帰さぬと心得よ」

寛十郎が鞘を払ったその時。

背後で呻《うめ》き声が次々と起きて、ばたばたと倒れ臥す人影の向こうに、剣を振り翳《かざ》して仁王立ちする頬被りの浪人者の姿があった。

夜鷹の客を装った村瀬である。

時同じくして、近くの焔魔《えんま》堂に身を潜めていた笙太郎が一気に小橋を駆け抜けて瞬く間に三人の刺客を斬り捨てていた。

突然の反撃に虚を衝かれて、円陣はたちまち崩れ、その目に怯《おび》えが浮かんだ。

すでに戦意を喪失していた。

笙太郎と村瀬がさらに踏み込むと、刺客の群れは蜘蛛《くも》の子を散らすようにして逃げ去った。

「笙太郎」

寛十郎の顔に安堵が浮かんだ。

「お怪我ありませぬか」

「うむ」

寛十郎は、剣を納めながら近づく村瀬にも目を向けた。

「ご貴殿は、確か……」

「秋草藩目付役、村瀬勲四郎でござる」

「左様な身形をしてまで……わしを案じてくれたのか。命拾いを致した、かたじけない、この通りじゃ」

寛十郎は頭を下げた。

「どうぞお顔を上げてくだされ。いや、器量は今一つでしたが、気立てのいい夜鷹でした、わははは」

村瀬は恐縮し、顎を撫でながら作り笑いをした。

「村瀬殿と申せば、秋草の国許への使者であったな。もう傷は癒《い》えたのか」

「お蔭をもちまして」

「難儀を致したな、すまなかった」

寛十郎が詫びを口にすると、笙太郎と目を見交わした村瀬が続けた。

「若生様からの謎掛けに気の利いたお答えをお返し致そうと、笙太郎と話し合《お》うておりましたが、結局、頭より腕と相成った次第、面目次第もござらぬ……」

寛十郎は真顔になった。

「何を申される、改めて礼を申し上げる。江戸市中に目を光らせておると、ある商人の急成長ぶりが目に留まった。内々に調べを進めると、金のためには手段を選ばぬ黒い噂《うわさ》ばかりが次々と耳に入って参った」

「それが河内屋ですね」

「笙太郎の申す通りだ。河内屋には前々から水油の抜け荷の疑惑があった。だが、証もない上に、真部様と大奥に深く食い込んでおり、生半可な手段では、その悪業を晒《さら》すことは叶わなかった」

「そこで、秋草藩を人身御供になされたのですな」

村瀬が訊いた。

「すまなかった。だが、千里の道も未だ半ばじゃ」

寛十郎はいまだ蔓延《はびこ》る悪に闘いを挑む覚悟をするかのように眦《まなじり》を決した。

第四章　山津波

一

大名行列の見物は身近な物見遊山《ものみゆさん》として、江戸の庶民や江戸を訪れた旅人たちの間でも絶大な人気を誇っている。

この日も朝早くから多くの見物人が千代田《ちよだ》の御城の大手門《おおてもん》前に集まっていた。

笙太郎もその賑《にぎ》わいのなかにいた。

瓦版屋《かわらばん》や武鑑《ぶかん》を売る者がいれば、蕎麦《そば》屋や飲み屋の屋台なども出て、さながら祭りの賑わいである。

屋根舟で小泉と会った夜、小泉と一つの約束を交わした。それは、小泉から託《たく》された伝言を崇高に伝えるという約束である。

小泉はこう言っていた。

「父上の果たせなかった宿願、この吉之介が果たす日が間もなく参ります。どうか、お心置きなく成仏なさってくだされ」

その言葉の意味は、若年寄就任を指し示していたようだ。

つまり、若年寄昇進は、崇高にとって果たせなかった永年の夢だったのだ。

だからこそ、小泉が崇高に代わってその夢を果たすことで、崇高は成仏できると、小泉は自信を持っていたのだ。

ならば、若年寄として、信濃守として初めて登城する晴れの姿を、何としてでも崇高に見せなくてはならない。

そこで笙太郎は琴に頼んで、登城の当日、崇高を大手門まで連れて来るよう頼んだのである。

「笙兄さん、連れて来たよ、爺《じい》さんを」

琴の声がして、中空に琴と崇高が現われた。

琴に爺さんと言われても、今朝の崇高は怒らなかった。

「おう、笙太郎、良い報《しら》せをすまぬな。そうか、吉之介がとうとう若年寄にの。それで、吉之介、いや信濃守の行列はまだか」

「もう間もなくかと思います」

笙太郎の返事を聞くより先に、崇高は、次々と現われる大名行列を食い入るように見つめ、信濃守の行列を今や遅しと待ち構えている。

大名の行列は下馬所で大半の家来と従者を残して城内に進むのが習わしである。従って、下馬所周辺は各大名の家来らで溢《あふ》れ返る。ごった返すと言う方が正しいかも知れない。

そして、其処彼処《そこかしこ》で大名家の品定めが始まる。

「どうだ、わしの申した通りになったであろう、小泉様が若年寄になるとな」

「威張《いば》るな、みんなそう思っていたことではないか」

「しかし、今の勢いならば老中も夢じゃないぞ」

「一足飛びってこともありそうだ」

「そろそろ真部様に引いていただいて、その後釜《あとがま》にってのは、どうだ」

「よかろう、真部様の二十年はあまりにも長過ぎる」

これが、いわゆる下馬評である。

そんな小泉絶賛のやりとりを耳にした崇高は満面の笑みを浮かべ、反《そ》っくり返って後ろに倒れんばかりである。

「爺さん、奴さんが紅白の毛槍《けやり》を振っている行列が来たけど」

いつの間にか中空に浮いていた琴が教えた。

「何じゃと」

崇高も急いで浮き上がると、目を輝かせた。

「おう、参ったぞ、参ったぞ。まさしく吉之介の行列じゃ。でかした、でかした
ぞ、吉之介」

崇高が声を震《ふる》わせた。

「小泉様」

「信濃守様」

見物客から次々と声が飛んだ。

塗《ぬ》り駕籠《かご》の引き戸が開いて、小泉信濃守が顔を見せた。

「吉之介……吉之介、苦労した甲斐《かい》があったの……」

崇高が再び声を震わせ、おろおろと、行列に近づいた。

小泉を乗せた塗り駕籠は、崇高と琴の前を通り過ぎて大手門に向かった。

笙太郎と崇高は、琴に誘われて小泉の屋敷に向かった。

「ねえ、爺さん、若年寄になると役高って沢山もらえるの？」

「老中も若年寄も役高はない。ご加増はあるやも知れぬがな」

「若年寄って役高はないのか、ふうん」

「石高《こくだか》より何より、参観交代がなくなるのがありがたいのだ。さきほども見たであろう、千代田の御城に上がるのでさえ、ああして行列を組まなければならぬのだ。まして、参観交代ともなれば、それなりの員数を集め、日当を支払わねばならぬし、宿代も法外に嵩《かさ》む。江戸と国許の往復には莫大《ばくだい》な費用を要するのだ。まだ、青江は江戸に近いからよいが、それこそ奥羽《おうう》や肥後《ひご》、薩摩《さつま》などは、大藩とは申せ大変であろう」

「そういうものなのねえ」

琴は感心した。

「見てごらん、千客万来《せんきやくばんらい》って、こういう光景なのね」

琴が感嘆の声を上げた。

屋敷の門前と勝手口には、祝いの品を持参する武士、あるいは商人と思《おぼ》しき町人らが次々と押しかけている。

「付届けも増える。己《おのれ》の力を発揮する場が与えられる一方、これから先は清濁《せいだく》併《あわ》せ呑《の》む、これが難しくなるのだ」

「ねえ、さっき、息子さんに向かって、苦労した甲斐があったって言ってたけど、どんな苦労をしたの？」

　筆太郎が訊こうとしたことを、琴が代わりに訊いた。

「言葉に尽くせぬ苦労じゃ」

　崇高は苦渋の色を浮かべた。

「ふうん。でも、こうして爺さんと一緒にいるのも、あと少しだね」

「なぜだ」

「だって、息子さんが立派にご出世されたんだから、爺さんも心置きなく成仏できるでしょ？」

「そうか、そうだな。では、少し早いが挨拶《あいさつ》でもしておくか。筆太郎殿、世話になった、かたじけない」

「いえ、こちらこそ」

「初めてだね、筆太郎殿って殿を付けたの。それでいいの、幽霊になってしまえば殿様も町人もないんだから」

　琴にからかわれて崇高は渋い顔で口髭《ひげ》を触る。

「また、それか。娘、その方にも世話になった、礼を申すぞ」

「爺さんにしては殊勝なお言葉だこと。こちらこそ、お世話になりました。爺さした。

ん、よかったね」

崇高はしおらしく頷《うなず》き、大きく安堵《あんど》の吐息を吐いた。

笙太郎もまた、小泉吉之介との約束だけは果たしたことで一先《ひとま》ず肩の荷を下ろ

二

藩の御典医《ごてんい》に診《み》てもらい、久右衛門の心ノ臓の具合は先の医師の診たてほど悪くはなく、暫《しばら》く様子を見ることで落ち着いた。

多恵と笙太郎は、一安心と、胸を撫《な》で下ろした。

久右衛門が行きたいと急に言い出して、誠心寺に御礼参りに行くことになった。

「鉄心の経など、どれほどありがたいか、わからぬがの」

久右衛門は憎まれ口を叩いた。

だが、本音は、永年の友人である鉄心の顔を見、声を聞きたいと思っている。

それが証に、足取りが早くなりがちで、多恵を困らせた。

ゆっくり一刻余りかけて歩いて、誠心寺の山門に続く長い石段の麓《ふもと》までやって来た。

「あなた、無理をなさらないでください」

「わかっておる」

一歩一歩、踏みしめながら、無理をせず上り始める。

命のありがたみを、嚙《か》み締めるように――

来《こ》し方を確かめるかのように――

石段の途中で足を止めた久右衛門がしみじみとした顔で大楠《おおくすのき》を見上げた。

多恵と笙太郎も倣《なら》った。

大楠は微《かす》かな風に枝葉を軽くそよがせていた。

石段の上に作務衣《さむえ》を着て箒《ほうき》を手にした鉄心が現われた。

「何じゃその身形《みなり》は」

久右衛門が頰《ほお》を膨らませた。

「いや、実はの、檀家《だんか》の相談が長引いたのだ」

「親しき仲にも礼儀有りじゃ」

久右衛門は、どうせ鉄心のいつもの言い訳だと見抜いている。こちらに来るまでの柔らかな気持ちは何処《どこ》へやら、声を荒らげて足早に石段を上り始めた。

「あ、あなた、そうおっしゃらなくても。ほら、無理をなさってはなりませぬ」

多恵が心配して跡を追った。

今がしあわせなのは間違いあるまいと、筌太郎も心を和ませた。

病快癒とまでは言えないが、これまで平穏に歩んで来られたことへの感謝と、これから先の平癒を願って、鉄心に経をあげてもらった。

その後、亡き母、信乃と琴の墓に参り、手を合わせた。

市谷左内坂近くの誠心寺からの帰り、筌太郎らは筑土八幡宮《つくどはちまんぐう》の前を歩いていた。これから裏神保小路《うらじんぼうこうじ》を抜けて、神田のやっちゃ場でも覗《のぞ》いてみようかと久右衛門と多恵が話をしている時だった。

これまでに何度も味わった奇妙な感覚に襲われて、筌太郎は道の脇に寄って目を閉じた。

すると、黄色の縦縞《たてじま》模様の着物を着た若い男が、町方同心に背中を小突かれながら石橋を渡る光景が脳裏《のうり》に浮かんだ。

その石橋と、男の背中越しのなまこ塀《べい》に見憶えがある。伝馬町《てんまちよう》の牢屋敷だ。

その男は何か微罪を犯し、お仕置きを受けて解き放たれたのだろう。

「笙太郎、その男を追え」

切羽詰まったような崇高の声が降って来た。

「崇高殿、どうしてですか」

笙太郎は目を開け、辺りを見回しながら訊いた。

「わからぬ。だが、その男のことが気になってならぬのだ」

その言葉を聞いて、笙太郎は直感した。

崇高はなぜその男のことが気に懸かるのか。それは、男が、品川浦で斬られて死んだ喜十と何等かの関わりがあるのではないだろうか、と。

「その男はどっちに向かっていますか」

「湯島じゃ」

笙太郎は駆け出そうとして、改めて久右衛門と多恵が一緒であることに気がついた。

二人を見ると、案の定、心配そうな表情をしている。

無理もない、父母のことをすっかり忘れて、崇高と話をしていたのだから。

今更《いまさら》ながら、幽霊と話ができるのも困ったことである。

「父上、母上、ちと、急用ができました。どうぞお気をつけてお帰りください」

笙太郎は二人を残して駆け出した。

伝馬町の牢屋敷から出て来た男は、幸いにして湯島方面、笙太郎がいる方向に向かっているのである。

湯島神社に続く道まで来た時、前方から、懐手《ふところで》をした黄色の縦縞模様の着物の男が、ゆらゆらとやって来るのが見えた。

何をしでかしてお上の厄介になったのか知らないが、無事にお解き放ちになって、この湯島界隈《かいわい》で憂《う》さ晴らしでもするつもりだろう。

笙太郎が小走りに男に近づくと、男は何を勘違いしたか、慌《あわ》てて踵《きびす》を返して逃げ出した。

「おい、待ってくれ。聞きたいことがあるのだ」

よほど叩けば埃《ほこり》の出る身なのだろう。それはともかく、笙太郎は漸《ようや》くのことで逃げ足の速い男に追いついて、男の首根っこを取っ捕まえた。

「な、何しやがる。俺が何したっていうんだよ」

男はじたばたした。

「勘違いするな、喜十のことで訊きたいだけなのだ」

「知らねえよ、喜十なんて」

「品川浦で辻斬りに遭った男だ」

男が抗《あらが》うのを止めた。

「品川浦？　ああ、あのとっつぁんのことかい」

「お前さんは辻斬りを見たのですね」

「俺には半次《はんじ》って親からもらった名前があるよ」

笙太郎が手を放すと、半次はぶつくさ言いながら首を回し、襟元《えりもと》を合わせた。

「これは失礼しました。私は秋草藩の叶笙太郎と言います」

「秋草？　お大名のご家中で。こいつはどうも」

笙太郎が下手に出たので恐縮したらしく、半次は頭に手をやった。

根は極めて素直で人の好《い》い男のようだ。

「半次とやら、改めて訊ねますが、辻斬りを見たのですね」

「叫び声を聞いただけさ、直《じか》に見ちゃいねえよ」

「斬った男を見ましたか」

「いいや、暗闇の中で遠ざかる足音だけは聞いたけどな。倒れているとっつぁんをみつけて、番屋に報せるのが精一杯だった」

「ほかに知っていることがあったら何でもいい、教えてくれませんか」

「とっつぁん、駄目《だめ》だったのかい」

「うむ」

「旦那《だんな》はさっき辻斬りと仰《おつしや》いましたね」

「それがどうかしましたか」

「やっぱり、辻斬りってことになったのか」

半次が眉《まゆ》をひそめた。

「やっぱり?」

半次の奇妙な言い方を聞き咎《とが》めた。

「やっぱりとは、どういうことですか。今少し詳しく聞かせてくれませんか」

「あのとっつぁん、今際《いまわ》の際にこう言ったんだ、『騙《だま》しやがって』って」

「初耳です。そのことは奉行所の役人に言いましたか」

半次は答える代わりに、手を横に忙しく振った。

「すぐにでもずらかりてえのに、何で役人なんぞに。へへへ、実はちょいとやらかしちまった後だったのよ、あの場に通り合わせたのが。えっへへへ」

半次は人差し指を曲げて鍵《かぎ》形を拵《こしら》え、片方の手を頭にやった。

「けど、とっつぁんを見捨てて行くのはさすがに気が咎めてな、番屋に届けて、さっさととんずらかましたって訳よ」

半次は、ちろっと、舌を出した。

「ところで旦那、番屋に届けたのがこの俺だって、何でご存じなんで」

「あの辺りでは、ちょっとした顔なのだ」

「えへへへ、ご冗談を」

「喜十の冥福《めいふく》を祈ってください」

筌太郎は半次に小粒を一つ握らせた。

「えっ、こんなに。すまないっすね……初めの猪口《ちょこ》はとっつぁんのために飲みまさ。可哀相にな」

半次は神妙な顔で小粒を目の高さまで上げると、懐手をして走り去った。

根っからの悪人とは思えない半次を見送りながら、思い返していた。

喜十が残した「騙しやがって」という今際の際の言葉を、である。

「話は聞いてみるもんじゃな」

いつの間にやら、すぐ側に崇高が琴と一緒に姿を見せていた。

「わしは何者かに斬られた喜十の叫び声を聞いて目覚め、喜十は、騙したなと申して息を引き取った……そういうことじゃな」

崇高が感慨を滲《にじ》ませた。

「だが、騙したなとは、辻斬りに遭った者が言い残す言葉ではないぞ。つまり、喜十を斬った者は見ず知らずの者ではないということだ」

崇高が教え聞かせるように言った。

「何じゃ、わしの顔に何か付いておるか」

筌太郎からしげしげと見つめられて、崇高が月並みな問いかけをした。

「筌兄さんは戸惑《とまど》っているのよ」

琴が口を挟んだ。

「なぜだ」

「爺さんが成仏していないからでしょ」

「娘、わしを爺さんと呼ぶのは止めよ」

「そっちこそ、私には琴って良い名前があるのよ」

「何の話であったかな」

「しっかりしてよ、息子さんは晴れて念願の若年寄になったんでしょ？　じゃあ、どうして爺さんは成仏しないのって話よ」

「わしにもわからぬ」

「崇高殿が成仏できない理由は別にある、ということでしょう」

笙太郎は静かに伝えた。

「崇高殿の真の心残りは、若年寄になれなかった無念ではなく、別の理由があるということではありませんか」

「ううむ」

崇高は腕を組んだ。

「笙太郎、その方はいつか、こう申しておったな。人が生前にそれを言い忘れると心残りとなる言葉がある、それは感謝と詫《わ》びの言葉だ。すなわち、ありがとうとすまぬだと」

「申しました」

「その方の言葉を思い起こして、自問自答しておったのだ」

「答えがみつかりませんか」

「わからぬのだ。吉之介、よくやった、そう声をかけても、それは感謝の気持ちとは違うのだ」

崇高はこれまで見せたことのない苦しげな表情になって考え込んでしまった。

琴と崇高と別れ、亀島町の喜舟屋を訪れると、ちょうどお志摩が店の表戸を開けたところで、家の中に明るい日差しが射し込んでいた。

額に手を翳して、晴れた空を眺めたお志摩が笙太郎に気づいて会釈をした。

笙太郎も会釈を返して歩み寄った。

「少しは落ち着かれましたか」

「はい……。でも、まだ信じられない気持ちです。ふたりともひょっこり帰ってくるような気がして……」

お志摩は寂しげに笑ったが、何かを思い出したのか、すぐに真顔になった。

「叶様、ちょっと、お話ししたいことがあります」

お志摩は笙太郎を、広い板の間に隣接する居間に招き入れた。

「実は、先日、お武家様が二人見えまして、おとっつぁんを斬った者に心当たりはないかと訊かれました」

「役人ではなく？　どちらの侍でしょうか」

「お旗本の若生寛十郎様のご配下だと仰っておられました」

「…………」

だとすれば、二人は徒目付《かち》に違いない。

「奉行所の役人でもない見ず知らずの侍がいきなりやって来て、あれこれ訊かれてもお困りだったでしょう」

笙太郎が気遣うと、お志摩は小さく笑った。

「心当たりはありません、とお答えしました。すると、半年前のことを訊かれました」

「半年前……」

半年前と聞いてすぐに思い浮かぶのが、秋草藩が老中と大目付から国許の調査を命じられた一件である。

その場には寛十郎も同席しており、寛十郎は船の難破に何等かの疑念を抱いていて、配下の者に調べを命じたのだろう。

「荷の依頼主だけ教えろと言われて……」

「青江藩だと答えたのですね」

「はい。ですが、その時うちの店に頼みにいらしたのは播州屋さんだけです。青江藩のお武家様とは何方《どなた》とも顔を合わせていません」

「大名家からの仕事と聞くと、気が張りますね。どんな依頼だったのですか」

「播州屋さんが手配していた船に不具合が起きて難渋しているから力になって欲しいと、代船を頼まれていました」

大坂から江戸に運ぶ荷と船乗りは播州屋が手配するので、喜舟屋からは一人、乗り込んで欲しいと言われたという。

「すると、これまでにも青江藩の仕事をしたことがあったのですね」

「いえ、今度が初めてです」

「初めて、ですか……」

「前に、船のやりくりがつかず、青江藩のお仕事を断わったことがあったものですから、今度は断われなかったって、おとっつぁんが言っていました」

「なるほど」

「それでも、江戸から大坂までは空船では行かず、浦賀で干鰯《ほしか》を積んで大坂で商いをすれば、かなりの利益が見込めるからと、おとっつぁんと亭主の喜三郎が話し合い、引き受けました。船には亭主が乗り込むことになったんです」

「実は、お志摩さん。喜十殿を斬ったのは、その青江藩に関わりのある者かも知れません」

「小泉様のご家来が……？　おとっつぁんは辻斬りではなかったのですか」

お志摩は信じられない様子で、目を大きく見開いた。

「でも、どうしておとっつぁんは斬られなければならなかったのですか」

「そのことですが、先日、ひとりの男に会いました。斬られた喜十殿を最初にみつけて番屋に報せた男です」

笙太郎は辺りに注意を払ってから、声を抑えて続けた。

「ここだけの話です、役人も知りません。その男は、喜十殿の今際の際の言葉を聞いていたのです」

「ええっ、おとっつぁん、何て言い残したんですか」

「騙しやがって、と言ったそうです」

「騙しやがって……」

お志摩は口の中で呟くように反芻した。

「騙しやがって、その言葉を聞いて、私は初め、喜十殿は自分を斬った男の顔に見覚えがあるのだろうと考えました」

笙太郎は一拍置いた。

「でも、お志摩さんの話を聞きながら考えておりました。喜十殿を始め、喜舟屋の皆さんが誰も青江藩の侍と顔を合わせていないのだとすると、喜十殿が言い残した『騙しやがって』という言葉は何を意味するのか、と……」

「どういうことでしょうか。もしや、何か積荷に関わることでも……」

お志摩が訝った。

「あの日、お志摩さんは永代橋から、亡くなったはずのご亭主の姿を見たのですよね？」

笙太郎の問いかけの意味がわからぬまま、お志摩は小さく頷いた。

「もしも、お志摩さんが見かけた人物が、人違いや他人の空似などではなく、本当にお志摩さんのご亭主であったならば……」

笙太郎はそう口にしてさらに考えを巡らせた。

喜十が言い残した「騙しやがって」という言葉の意味合いは大きく変わってくるかも知れないのだ。

「あの人は生きているかも知れない、そうなんですね？」

お志摩が瞳を輝かせた。

笙太郎は胸のざわめきを覚えながら一つ頷き返した。

その日の夜、村瀬の後に国許に派遣された使者が江戸に戻った。

半年前に秋草領内で風待ちをしたすべての船に関する調べが整い、改めて報告書が作成された。湯原は直《ただ》ちに大目付の坂入を訪ね、その報告書を提出した。

三

笙太郎は、久右衛門と多恵とともに藩邸の母屋《おもや》を出た。

久右衛門は上機嫌で、中庭の玉砂利を踏み鳴らしながら早足で役宅に向かった。

御典医の診察を受けた久右衛門は、経過は良好との診《み》たてに機嫌は上々、付き添った笙太郎と多恵は安堵の苦笑いを浮かべた。

「おう、勲四郎、参っておったのか」

さっさと役宅の入口の戸を開けた久右衛門の大きな声がした。

笙太郎も足を速めた。入口の土間を覗くと、菓子折りをぶら提げた村瀬がいて、板の間には応接する千春がいた。

「母上様、旦那様、お戻りなされませ」

千春が手を突いた。

「ただいま戻りました」

多恵が晴れやかな顔で応じた。

「久右衛門殿のお加減がお悪いとは知らなかった。だが、大事がないようで何よりだったな」

村瀬が神妙な顔を笙太郎に向けた。

「なあに、始めにかかった医者が大袈裟《おおげさ》に言っただけだ。心ノ臓の一つや二つ、どうということはない」

「あなた、心ノ臓は一つしかありませんよ、大事に致しませせぬと」

強がる久右衛門を、多恵が生真面目にたしなめた。

「左様なことは幼子《おさなご》でも知っておる。物の譬《たと》えであろう、のう、勲四郎」

いきなり水を向けられて、村瀬は苦笑いしつつ、

「忘れておった、これは世話になった心ばかりの御礼でござる。八つ刻《どき》にでも召し上がってくだされ」

ぶら提げていた菓子折りを千春に差し出した。

「ありがとうございます」

「勲四郎、どうじゃ、今宵《こよい》は夕餉《ゆうげ》をともにせぬか」

「ありがとうございます。折角ですが、今夜はうちの者に手料理を作る約束を致

しまして」

　下男下女に手料理を振る舞うという村瀬の優しさに目を細めた多恵が真顔になってこう言った。

「どうしてお嫁さんがみつからないのでしょう」

「そういう流れになりますか、弱りましたな」

　村瀬は照れたように頭に手をやった。

「では、改めてな」

　久右衛門と多恵は奥に引き上げた。

「村瀬様、私に何かご用事だったのではありませんか」

「筌太郎、表に出ぬか」

　村瀬が真顔を向けた。

　筌太郎も村瀬と話をしたいと思っていたところだった。

　村瀬は故意に人混みを選ぶようにして歩いた。

　内密の話をするのは、人が忙しく行き交い、物売りの声が飛び交う人混みの方が却《かえ》って聞き耳を立てられず、好都合だと村瀬は考えている。

「大目付が国許から届いた報告書を老中の真部様に届けた。秋草に抜け荷の疑惑はなく、青江藩にこそ抜け荷の疑惑ありと報告した。だが、報告書の中身は推量の域を出ぬものとして、真部様に差し戻されたらしい」

それは予想される結論ではあった。

「当家の疑いは晴れ、何のお咎めもない。お留守居役の湯原様が胸を撫で下ろしておられた」

苦笑まじりだが、村瀬の言葉には悔《くや》しさ、忌々《いまいま》しさが滲んでいた。

筆太郎は藩邸からさほど遠くない富沢町《とみざわちょう》の奥まった一画にある静かな水茶屋に村瀬を案内した。

「抜け荷はあったに相違ない」

店の女が茶を置いて行くと、村瀬が目に力を込めた。

「私もそう思います。村瀬様が刺客に襲われたのが何よりの証です」

「そうだ。真に難破したのであれば、刺客など放つ必要はないからな」

「喜舟屋の船は沈んでおらず、何処かに繫《つな》がれていると思われます」

「何処かとは何処だ」

「おそらく安房の青江領内の何処かに」

船長《ふなおさ》として和歌浦丸に乗り込んだ、お志摩の亭主の喜三郎も囚《とら》われの身で生きていると思われる。積荷が大奥御用の水油と知った喜三郎は訝りながら大坂天保山《おおさかてんぽうざん》沖を出航したことだろう。見てはならないものを見て、船ごと囚われた喜三郎は、その後も、命令に従わなければお志摩の命はないとでも脅《おど》されて、抜け荷や積荷の運搬を命じられていたのではないか。

――それにしても、抜け荷を働く船が、まさか天候不順で秋草領内で風待ちをする羽目になろうとは。

抜け荷の船を湊《みなと》に泊めた嵐の、吹き荒《すさ》ぶ雨風の音を思い浮かべる時、笙太郎は、そこに天の声を聴く思いがするのだった。

叶家の今宵の夕餉はご馳走《ちそう》である。

久右衛門の病状が経過良好との御典医のお墨付きをもらったささやかな祝いなのである。

和気藹々《わきあいあい》、和《なご》やかな食事となった。

「多恵、何か言いかけておったな」

久右衛門が多恵に微笑《ほほえ》みかけた。

さきほど、多恵が何か話したそうにしていたが、別の話題になって、中座したことを思い出したようだ。

「どうしましょう、あなたにお話ししても、そんな馬鹿なと、そう仰るに決まっています」

「声をかけておいて、そんな言い草があるものか。早《はよ》う申せ」

「三橋《みはし》様の奥様から聞いたのですが、出たそうでございます、幽霊が。品川の海に」

多恵が声をひそめた。

「馬鹿な」

「ほらご覧なさいまし、馬鹿なと仰ったではありませんか」

「季節を考えなさいと申しておるのだ。桜が咲いているのだぞ、そんな時季外れの幽霊がいるものか」

久右衛門が撥《は》ね付けると、千春が笙太郎に視線を送って肩を竦《すく》めた。

そう、幽霊に時季などないのだ。笙太郎は喉まで出かかった言葉を呑み込んで、千春に微笑み返した。

「幽霊といっても、人ではありませんのよ、船です」

「船？」

「幽霊船でございます」

興味津々という顔の多恵とは対照的に、「何をか言わんや」とばかりに呆《あき》れ顔で身を引く久右衛門である。

ところが、笙太郎の身体の奥で小さく何かが弾《はじ》ける音が聴こえた。

幽霊船という言葉の響きが妙に頭に残ったのである。

「いくつもの鬼火が波間に揺れて、波の音は聞こえるのに、船の姿が見えないとか」

「闇夜《やみよ》に烏《からす》か？」

久右衛門が気のない言い方をした。

「何でも、船の舳先《へさき》には恐ろしい髑髏が付いていて、その幽霊船を見た者は命を落とすと言われているそうです」

多恵が眉をひそめたが、特段、怖そうには見えない。

「その船を見て命を落とした者の〈しゃれこうべ〉だとでも言いたいのか」

久右衛門は呆れ顔で、信じようとする気が欠片《かけら》もない。

「幽霊船を見た者は死んでしまうならば、何故、幽霊船が出たなどという噂《うわさ》が広まるのだ、おかしいではないか、馬鹿馬鹿しい」

久右衛門が飯を掻《か》き込んだ。

「やはりお話し致さねばよろしゅうございました」

多恵はうんざりと肩を落とした。

「母上様、明日にでも行ってみましょうか」

千春が軽い調子で言った。

「品川にですか？　そうですね、何事も自分の眼で確かめねば、噂の真偽はわかりませんもの。ね、笙太郎？」

多恵が身を乗り出した。

「止《よ》せ」

久右衛門が止めた。

「どうしてでございますか」

「まだお前には死んで欲しくない、末長くわしの側にいて欲しいのだ」

「あなた」

聞いている方が気恥ずかしくなる、老夫婦のやりとりである。

「そうですね。母上はこれまで病一つなくお元気で過ごしてこられたのです、幽霊船のしゃれこうべを見て命を落としては、悔いが残りましょう」

　筐太郎の言葉に、多恵は満更《まんざら》でもない様子である。

「この世に未練を残したまま、私が幽霊になってもねえ」

「悪い冗談は止してくださいまし、母上様」

　千春が笑いながらたしなめた。

「幽霊の正体見れば枯《か》れ尾花《おばな》ということもございまする」

「無駄足踏んで、それこそ品川からの夜道に」

「幽霊でも出ては」

　久右衛門と多恵が掛け合い、笑い出した。

　結局のところ、仲の良い夫婦である。

　出来の悪い狂言のようだが、幽霊船見物を思い止《とど》まってくれたようで一安心の筐太郎である。

「父上、母上を誘って差し上げてください」

「何をだ」

「あの話です、国許への旅」

「国許への旅?」

多恵が興味を浮かべた。

「まもなくご当主が参観でご出府なさいます。来年の夏に交代で国許にお帰りになる際にご一緒させていただこうかと、父上が仰っておられたのです。母上も一度国許の山河を見てみたいと仰っておられましたから」

「あなた、是非、行ってみましょう」

多恵が膝《ひざ》を進めた。

「では、考えてみようかの」

「笙太郎も一緒に参りませんか」

「私には御役目がございます。そんなに長く休めません」

「その方一人おらんでも御役目に支障を来《きた》すことはないぞ」

「父上、それでは私など必要ないということではありませんか」

「いや、そうは申しておらぬ。組織というものは動いていくということだ。その方が戻れば、また、御役目を仰《おお》せつかるさ」

「では、考えることと致しましょう」

そう言うしか仕方がないと割り切った。

座がお開きとなり、自室に引き上げた笙太郎は、気になって、この一月ほどの日記帖を繰《く》った。

先月も、今夜のように家族の団欒《だんらん》を過ごした、風の心地よい晩があった。

それは小泉崇高が、叶家の朝餉の台所に現われた朝の三日前だった。

夕餉の後、皆で頂き物の菓子などを食べながら心地よい夜風に当たっていた。

その折、月の話題が出て、千春や多恵とこんなやりとりがあったのを、笙太郎は憶えている。

『縁側でお月見でもしたいような、気持ちのいい陽気ですねえ』

『でも、月はありませんね』

『残念ですが、まもなく朔《ついたち》ですから……今宵の月は糸のような月で、顔を出すのは夜中ですね』

日記帖にも、あの夜の月は、糸のような月だと記している。

その二日後の深更は「朔」だった。

すなわち、喜十が斬られた晩、それは崇高の魂《たましい》が目覚めた晩でもあるが、ちょうど朔だったのである。

「笙兄さん」

琴のただならぬ声が降って来た。

「どうしましたか」

笙太郎は綴《つづ》りを戻すと、廊下に出て訊いた。

「青江藩の屋敷の様子がおかしいの、何か大きな事件でもあったんじゃないかしら」

「青江藩に……」

笙太郎は目を閉じて、気を集中した。

すると、青江藩江戸屋敷の長屋門が大きく開門され、慌ただしく人の出入りする様子が脳裏に映じた。

早馬や早飛脚《はやびきやく》が相次いで藩邸内に駆け込んで行く。

「琴、何があったのだろう」

「よくわからない。山津波って誰かの叫び声が聴こえたわ」

「山津波……」

山津波とは、大規模な山崩《くず》れのことである。

藩邸内を大きく揺るがす様子から察すると、かなりの規模の土砂崩れが起きて、甚大《じんだい》な被害をもたらしたのかも知れない。その対処、善後策で青江の藩邸内は混乱を極めているようだ。

屋敷に駆けつけた早馬や早飛脚は、国許の状況を伝える第二報、第三報だろうか。

異変を嗅《か》ぎつけて現われたのだろう、崇高の声が聴こえた。

「この騒ぎは何と致したのだ、いったい何があったのだ、吉之介……」

崇高は屋敷に入るに入れず、地団駄《じだんだ》を踏む思いで中空に浮かび、藩邸内の喧噪《けんそう》を不安げに見つめているのだろう。

小泉信濃守は若年寄就任早々にして試練を迎えた。

第五章　天の采配《さいはい》

一

本所柳原町の青江藩江戸屋敷の表門は夜を徹して開門され、門前には篝火《かがりび》が薪《たきぎ》を絶やすことなく赤々と燃やされ続けた。

青江藩の国許では、城代家老が指揮を執《と》り、村人らの安否《あんぴ》の確認と、街道や河川の被害状況の把握に努め、こまめに江戸に報《しら》せを届けていた。

小泉は昨夜の内に、国許への送金と人足の手配を命じていた。

その後も、早馬、早飛脚が次々と到着し、広間に控える小泉と留守居役の段田に報告された。

だが、散発的な報告では、なかなか災害の全容は摑《つか》めなかった。ただ、村がまるごと土に呑まれるなど、これまでにない甚大《じんだい》な被害を受けたことは、時が経つに従って浮き彫りになってきた。

小泉は段田に応対を命じて、自室に引き上げた。

部屋には、厳しい表情の奈村と総三が控えていた。

「殿、直《ただ》ちに国許にお帰りなされませ。こういう時こそ、一国の主《あるじ》が、現地で指揮を執られるのが大事かと存じます。領民らも心強く思うことでしょう。事態を申し上げれば、将軍家も帰国を認めてくださることと思います」

総三が真顔で言上した。

「それには私も同意する。殿、そうなされませ」

じっと目を伏せて聞いていた小泉は、奈村の言葉を聞き咎《とが》めた。

「小次郎」

小泉が水を向けると、奈村と総三が、ちらと、見交わし、押し黙った。

総三が取り持つように口を開いた。

「今夜の抜け荷は取り止めるべきだと、申したのです」

「国許の災害とは切り離して考えればよい」

「小次郎殿、殿は、われわれの夢だった若年寄の地位に就かれた。今が大事な時だ。ここは、じっくりと腰を据えるところでしょう」

「おぬしは何を案じておるのだ」

「胸騒ぎがするのです、良からぬことが起きるような」

「真部様は町奉行が動かぬよう抑えていると河内屋が申していた。それを信じるのみだ。怖《お》じ気《け》づいたか、総三」

「違う」

ここまで心を一つにしてきた総三と奈村の間に初めて食い違いが生まれた。

「押すばかりではなく、時には引くのも大事だ。まして、力尽くは……」

「総三、私に何を申したいのだ」

「喜舟屋を斬ることはなかった」

「見られてしまったからだ。禍根は断つのみ」

奈村は敢《あ》えて、何を見られたかは口にしなかった。

「総三、おぬしとて目の前で起きた人殺しに目をつぶったと苦衷《くちゆう》を口にしていたではないか。私たちは前に進むしかないのだ。だが、これだけは断わっておく。たとえ事が露見《ろけん》したとしても、殿には決して累《るい》を及ぼしてはならぬ。すべては私たち二人が行なったことなのだ」

「それは言われるまでもないことです」

小泉は若年寄の地位を得るために、老中の真部と河内屋への接近を謀った。

その手段として抜け荷を強く主張したのが、奈村と総三だった。河内屋がすでに幾度《いくど》となく抜け荷に手を染めていることを摑んでいたからだった。

抜け荷を具体的に行なうにあたっては、一切の責めを二人で負うと誓った。

「おぬしとて心を鬼にして、河内屋の軍門に下ったふりを装っているのではないか、すべては殿の御為に」

奈村が突如、烈《はげ》しく咳《せ》き込み、口許に懐紙を押し当てた。そして、隠すように手早く懐紙を折り畳み、袂《たもと》に押し込んだ。

だが、小泉の目にも総三の目にもはっきりと映じていた。

奈村の懐紙に付いた鮮やかな血の色が――

蒼白な奈村の横顔を一瞥《いちべつ》した総三から、ふっと、力が抜けた。

時の谷間が来て、総三と奈村がどちらからともなく小泉に視線を向けた。

それまでじっと押し黙って総三と奈村のやりとりを聞いていた小泉だったが、心を決めた。

「わしはこれから真部様にお許しを得て国許に発つ。小次郎と総三は、品川浦に向かってくれ」

小泉は二度目の抜け荷の実行を決断した。

奈村と総三は黙って頭を下げると、部屋を辞した。

笙太郎は、青江藩江戸屋敷の近くに建つ常夜燈《じょうやとう》の陰に身をひそめて、藩邸の様子を窺《うかが》っていた。

すると、行き交う武士に道を譲《ゆず》るようにして、表門から出て来る総三を認めた。

総三は思い詰めた様子で早足でこちらに向かっていた。

笙太郎は総三の前に出た。

虚《きょ》を衝《つ》かれたのか、総三が顔を強張《こわば》らせて、立ち竦《すく》んだ。だが、すぐに笙太郎だとわかり、表情が和《やわ》らいだ。

「これは、いつぞやの」

「叶笙太郎です」

「お見逸《みそ》れ致しました」

「山津波だと耳に致しました、ご心配ですね」

「いいえ、お殿様がすぐに金子と人手の手配をなされましたので、国許も安堵《あんど》することでございましょう。ごめんくださいまし」

先を急ぐ総三の背中に呼びかけた。

「総三殿」

総三は背中のまま足を止めた。

「これは天の声かも知れませんね」

「…………」

総三の背中は黙したままである。

「総三殿には聴こえたのではないのですか、その声が」

「何を仰《おつしや》っておいでなのか、私には皆目……ごめんくださいまし」

総三は一度も振り向かず、小走りに立ち去った。

帰途、浅村藩のある緑町付近まで来た時、瓦版屋の文三が駆け寄って来た。

「旦那《だんな》、捜しましたよ。お志摩の姿が見えねえんです。一膳飯屋には一昨日から黙って来なくなったっていうし、喜舟屋の戸も閉まったまんまで。旦那、お志摩の奴が何処に行ったかお聞きになっていませんか」

文三の話を聞きながら思い浮かべていた。亭主が生きているかも知れないと顔を輝かせていたお志摩の顔を。

――もしや、お志摩は。

その推測は確信に変わっていった。

二

真部長門守は老中御用部屋に向かっていた。

小泉信濃守が急ぎ登城し、面会を求めていた。

用件はおおよそ察しが付いていた。国許の災害に関わることだろう。

それはそれでよい。肝心なのは、今宵《こよい》の一件だ。

その件だけは確かめておかねばなるまい。

御用部屋坊主が御用部屋の襖《ふすま》を開けた。

小泉が深々と一礼した。

真部は部屋に入り、膝《ひざ》を折った。

小泉の用件は予想した通り、領国で発生した災害についてであり、将軍家に帰国を願い出る旨《むね》を申し出た。

「領国の災難とあれば、当主が国許に戻るのは当然であろう。上様も否《いな》と仰《おお》せられまい。上様にはわしからお耳に入れよう、直ちに国許に帰る仕度をなされるがよい」

「はっ、ありがたきしあわせ」

「ところで、今宵の事は如何《いかが》致すおつもりかな」

真部は抜け荷について仄《ほの》めかした。

「手筈《てはず》通りに」

小泉が即答した。

「左様か……信濃殿、一つ申し付ける」

真部は表情を険しくして続けた。

「今宵の事を済ませた後は、すべての証を跡形もなく消し去るのだ。よろしいな、何もかも跡形もなくじゃ」

何もかもとは、船も人も、という意味だと察して、小泉が表情を硬くした。

「承知仕《つかまつ》りました」

小泉は平伏した。

真部はすぐに御用部屋を出て、控えの間に向かった。

大廊下から一路奥まったところに、老中や若年寄の控えの間が連なっている。

その廊下を歩んでいる時である。

ある部屋から話し声が洩《も》れ聴こえてきた。

それは、国許が災害に見舞われた直後の、小泉の機敏な対処を礼賛《らいさん》する声だった。

別の部屋からはこんな声も聴こえた。

「此度の災難に如何に対処するか、その手腕が問われるであろう。だが、見事に収められれば、信濃殿の名声はこれまで以上に高まり、老中の座も決して遠くはないでしょうな」

真部は廊下の途中で立ち尽くした。

今宵の抜け荷を最後に、抜け荷に関するすべての証を隠滅《いんめつ》することを提案したのは河内屋だった。

その折に河内屋が口にした言葉が、不意に耳に甦《よみがえ》った。

『信濃守様は頭脳明晰《ずのうめいせき》、他のご老中方が担《かつ》げば、真部様のお足許を掬《すく》う原因にもなりかねません。なあに、代わりはすぐにみつかりましょう、人も船も』

真部が失脚すれば河内屋自身も共倒れになる、それを恐れているだけだろうが、河内屋の脅《おど》し唆《そそのか》すような口振りが脳裏《のうり》から離れなかった。

行き交う大名、旗本らが、怪訝《けげん》な顔で会釈をしながら通り過ぎていく。

――わしは何を嫉妬《しっと》し、恐れおののいておるのだ。

真部は尚《なお》も立ち尽くしていた。

非番の夜明け前。

筆太郎は千春に手伝わせて旅支度を整えた。

「今宵は戻りませんが、危ない真似《まね》はしませんので安心してください」

不安げな千春に優しく声をかけた。

筆太郎は常は使わない網代笠《あじろがさ》を被って人目を避《さ》け、永代橋で舟を雇い、海路、品川浦に急いだ。

品川浦には午前《ひるまえ》に着いた。

筆太郎は直ちに海岸べりを探索した。

多恵が、いくつもの鬼火が波間に揺れて、幽霊船が姿を現わすと人伝《ひとづて》に聞いた話をして言っていた。

その鬼火とは、積荷を下ろす場所の合図であり、抜け荷を行なう、取り止めるといった合図の灯りに違いない。

抜け荷の水油を積んだ大型船が沖合に碇《いかり》を下ろすと、大型船と海岸との間を、何艘もの小舟が行き来して、荷の積み降ろしを繰り返すはずである。

そのためには小舟が出入りしやすい入り江が選ばれるであろう。海岸には何輛《りよう》もの大八車が用意され、何十人もの人足が待機して小舟から大八車に荷を積み替えるだろう。そのためには、ある程度なだらかで広い場所が必要なはずである。

荷下ろしの際には、否応《いやおう》なく、辺りには菜種油の匂《にお》いが満ちるだろう。

笙太郎は抜け荷の現場を想像しながら歩き回るうちに、ある広い場所に出た。そこは、両側に廃屋《はいおく》が建ち並び、人目に付き難《にく》く、まして今宵は朔《ついたち》、月明かりはない。この廃屋で人足らが抜け荷の船の到着を待つことも可能だ。

——ここではないか、抜け荷の現場は。

そう目星を付けた笙太郎は、海岸から少し離れた小高い場所に身をひそめることに決めた。

木賃宿《きちんやど》で時を過ごし、夜になって決めた場所に戻った。

桜の季節とはいえ、海辺の夜は冷える。笙太郎は手に息を吹きかけた。

その時である。

提灯《ちようちん》の灯りが一つだけ揺れて、ぞろぞろと、多くの黒い影が岸の向こうから海岸べりに向かっていた。水油の積み降ろしをする人足だろうか。

その十人やそこらではきかない数の人影は、やがて、笙太郎が想像した通り、分散して廃屋の中に姿を消した。

さらに一刻が過ぎた頃だった。

浜辺から一艘の小舟が沖合に向かい、漕《こ》ぎ出した。

やがて、いくつもの灯りが弧を描き始めた。

抜け荷の船が停泊しようとしているのだろう。

「笙兄さん」

不意に、琴のただならぬ声がした。

「琴、如何致した」

笙太郎は声を抑えた。

「お志摩さんが危ない」

笙太郎は気配を殺して、駆け出した。

闇の中を、気を集中して、脳裏に浮かんだ光景を確かめながら急いだ。

お志摩は砂地に足を取られながら、松林を抜けて浜辺に向かっていた。

「あれはうちの船だ、和歌浦丸だよ」

足をもつれさせて、砂浜に倒れ込んだお志摩が、沖合を指差して叫んだ。

闇に溶け込むような黒い船体が沖合に停泊していた。

将《まさ》に「闇夜に烏《からす》」である。

「やっぱり、やっぱり船は沈んでいなかったんだ」

お志摩は両の手で砂を握り締めた。

「女」

若い男の声に、お志摩は驚いて振り向いた。

松の木陰から、ぬっと、現われた人影は深編笠の武士だった。

「誰だい、あんたは」

深編笠が鞘《さや》を払い、白刃が煌《きら》めいた。そして、無言のままゆっくりとお志摩に迫り、剣を振り被ったその時である。

「小次郎」

血を吐くような嗄《かす》れた男の声がしたのだ。

実際には、お志摩にも深編笠の武士にもその声は聞こえないはずだった。

ところが、不可思議なことが起きた。

聴こえるはずもない声に、深編笠の武士がうろたえ、怯《おび》えたように辺りを見回した。

「喜十を斬ったのは、そちだな」

再び、血を吐くような声が降って来た。

笙太郎が松林を抜けて駆けつけた。

「叶様」

「笙太郎」

お志摩と崇高の声が重なった。

笙太郎はゆっくりと鞘を払い、深編笠の武士と対峙《たいじ》した。

「奈村小次郎だな」

問いかけには答えず、深編笠の武士は無言で斬りかかってきた。

「われらの行く手を阻《はば》む者は斬る」

声の主は明らかに奈村小次郎だった。

「なぜ、お志摩を斬らねばならぬのだ」

「船もろとも海の藻屑《もくず》となってもらう」

奈村は抜け荷の証拠隠滅を口にした。

たのだ」
「愚《おろ》かな……おぬしは忠義をはき違えた、なぜだ。主従揃《そろ》って、なぜ、道を誤っ

「問答無用」

奈村は答えず斬りかかる。

「なぜ、背後で甘い汁を吸う輩《やから》の思う壺《つぼ》に嵌《は》まったのだ。私はそれが悔しい」

奈村の鋭く踏み込んだ一撃を躱《かわ》して、笙太郎は無念を口にした。

「黙れ」

奈村の太刀筋は鋭く、命懸けで立ち向かわねば、一瞬の隙を衝かれ、命を落としてしまう。笙太郎は剣の切先に己《おのれ》の気を集中させて、凌《しの》ぎ続けた。

その時だった。

先程まで笙太郎がひそんでいた辺りで、ざわめきが聞こえた。

何事が起きたのだろうか。

笙太郎がざわめく闇に目を向けると、奈村も目を凝《こ》らしていた。

ふたりの目に、幾つもの御用提灯の灯りが揺れるのが見えた。

「奉行所だ、抜け荷が露見《ろけん》したのだ」

笙太郎の声に、奈村は愕然《がくぜん》とした。

「そんな馬鹿な、そんなはずはない」

だらんと剣を下ろした奈村は、信じられぬ顔で、二、三歩歩んで立ち尽くした。

「奈村殿、ここが潮時です。潔くなされよ」

笙太郎は穏やかに語りかけた。

奈村は烈《はげ》しく咳き込んだ。身を捩《よじ》りながら、闇の中に逃亡した。

剣を納めて振り返ると、崇高ががっくりと地べたに膝を突き、両手で砂を握り締め、肩を震《ふる》わせていた。

崇高の傍《かたわ》らには、お志摩が立ち尽くしている。

「あの船に、あの人は乗っているのでしょうか……あの人もお咎めを受けるのでしょうか」

お志摩は期待と不安を交錯《こうさく》させた。

「私のせいですね、お志摩さんを危ない目に遭《あ》わせたのは。すみませんでした」

お志摩は強く首を横に振った。

「おとっつぁんはきっと毎日のように品川沖に足を運んで和歌浦丸の帰りを待っていたんです」

お志摩の言う通りだろう。

先月の朔の晩、喜十は「幽霊船」を目撃したのだ。黒く色が塗られて偽装されていても、己の船を見紛《みまが》うはずはなかった。だから喜十は思わず叫んでいたのだ、「騙《だま》しやがって」と。

その喜十を、水油の荷下ろしに立ち会っていた奈村が斬ったのだろう。

「喜十殿の船は水油の抜け荷に利用するため、端《はな》から標的にされたのです」

筌太郎はお志摩に語りかけるようにして、崇高に聞かせた。

「なぜじゃ、なぜ、吉之介は抜け荷などに手を染めてしまったのじゃ……」

それは筌太郎も抱える疑念だった。

清廉潔白の士として知られた小泉吉之介が、なぜ、道を踏み外してしまったのだろうか。

「とはいえ、お志摩さんが無事でよかったですね」

筌太郎は崇高に語りかけた。

「小次郎にわしの声が届いたのだな……お志摩を手に掛けることだけは止められた。それがせめてもの慰めじゃ」

崇高はそう言って項垂《うなだ》れた。

その夜、北町奉行所により、抜け荷の水油と船は差し押さえられ、船の乗組員、水主《かこ》も奉行所に連れて行かれた。

一つの疑問が残った。

なぜ、北町奉行所は今夜の抜け荷を察知し、動けたのだろうか。

三

安房に向かう塗《ぬ》り駕籠《かご》の中にあった小泉信濃守は、遠く背後から聞こえる馬蹄の音に耳を澄ませた。

馬は二騎であろうか、その荒々しい響きに異変を感じ、駕籠を止めさせ、供の者に物見を命じた。

やがて、馬二騎が駆けつけ、塗り駕籠の前で馬首を巡《めぐ》らせた。

騎乗の武士が降り立つと、駕籠の傍らに立て膝を突いた。そして、老中真部長門守の使者である旨《むね》を伝えた。

「信濃守様、お出ましくださりませ」

小泉が駕籠を出ると、その武士は懐《ふところ》から書状を取り出した。

「上意でございまする」

その声に、小泉は平伏した。

使者は、すっくと、立ち上がると、書状を広げた。

「役儀により、言葉を改めます……上意。小泉信濃守儀、所業不届きにつき、蟄《ちっ》居《きょ》謹慎申し付くるものなり。老中真部長門守」

息を呑み顔を上げた小泉に、使者は書状を広げて見せた。

「これより直《ただ》ちに江戸屋敷にお戻りください」

「確《しか》と承《うけたまわ》りました」

小泉は再び平伏した。

二騎の使者に先導され、小泉一行は江戸に引き返した。

国許に広がる甚大な被害の様をこの目で確かめられない無念を抱えながら、江戸に引き返す道中、なぜ抜け荷が露見したのかと考え続けた。

真部は南北両町奉行を抑えていると明言していた。

思い当たる節もなかった。

あるとすれば――答えは一つしか考えられなかった。

「ご老中、真部長門守様にお取次ぎの程、お願い申し上げまする」

西の丸下の真部の屋敷の長屋門の前に正座して、一人の武士が声を張り上げていた。

だが、邸内からは何の応答もない。

武士は同じ文言を繰り返し述べ、声を嗄らした。時折、ぐらりと、体が揺れた。

登城の途にあった若生寛十郎は眉《まゆ》をひそめた。

その武士の頬からは血の気が引いて、蠟《ろう》のように白い。

異変を察知した寛十郎は足早にその武士の傍らまで近づいた。

「ご老中に如何なる御用かな」

顔を上げた武士の顔はさらに青白く、額《ひたい》には脂汗が光っていた。

寛十郎はさらに眉をひそめ、顔を強張らせた。

武士の下腹辺りの着物は黒く滲《にじ》み、微《かす》かに血の匂いがした。

「そなた、陰腹を切ったな」

寛十郎はその場に片膝を突いた。

「わしは旗本、若生寛十郎と申す者じゃ、そなたの命を懸《か》けた訴え、このわしがご老中にお取次ぎ致そう、何なりと申せ」

「かたじけない」

武士は荒い息遣いの中、掠《かす》れる声で礼を述べると、懐から一通の書状を差し出した。

「これを、ご老中、真部様にお目通しを願いたく……たっての頼みでござります る」

武士の身体が、ぐらりと、揺れた。

「しっかり致せ、名を聞かせよ」

「若年寄、小泉信濃守が家中……な、奈村、小次郎……」

「奈村、奈村小次郎殿だな。そなたの書状、この若生寛十郎、確《しか》と預かった。安堵致せ」

寛十郎は奈村から書状を受け取ると、すっくと立ち上がり、門内に向かって声を張り上げた。

「公儀目付、若生寛十郎である、開門願おう」

脇門が開いて、門番が顔を覗《のぞ》かせた。

その時、背後で、どさりと倒れ込む音がした。

寛十郎は奈村に背を向けたまま、心の内で手を合わせた。

——安らかにの。


夜になって、笙太郎は、小泉信濃守が抜け荷の廉《かど》で蟄居謹慎を命じられ、奈村小次郎は真部の屋敷の門前で切腹、播州屋の総三も北町奉行所に自訴、そのまま牢に繋《つな》がれたと知った。

四

昨日まで表門が昼夜を問わず開け放たれ、ひっきりなしに人の出入りのあった青江藩の江戸屋敷は、表門が閉じられ、ひっそりと静まり返っていた。

その門前に、笙太郎が率いる葛籠《つづら》を満載した二輛の大八車が停まった。

笙太郎は門番に、己の素姓と厚姫の名代である旨を申し伝え、取次ぎを願った。

暫時あって、留守居役の段田五郎兵衛が姿を見せた。

国許の災害の対処に加え、小泉信濃守が公儀より謹慎を命じられたことも重なってであろう、目は窪《くぼ》み、げっそりと頰が瘦《こ》け、憔悴《しょうすい》し切った表情である。

「おう、叶殿」

「国許で大きな災害があったと聞き及びました、心よりお見舞い申し上げます」

「これはわざわざ痛み入りまする」

「厚姫様の名代にて、心ばかりの見舞いの品々をお届けに参上致しました」

「なに、見舞いの品とな」

段田は改めて、荷を満載した大八車に目を移した。

「とは申せ、ご当家はすでに謹慎のお立場なれば、あくまでも内々のことと心得ておりまする」

笙太郎は声を落とした。

「抜け荷が露見した途端、周囲の者が次々と掌《てのひら》を返し、潮が引くように人が散って行ったと申すに、秋草藩は見舞いの品をお届けくださったのか……」

段田が言葉を詰まらせ、感じ入った様子で小刻みに頷いた。

「お入りくだされ」

段田は門番に命じてひっそりと開門させ、笙太郎一行を邸内に招じ入れた。

客間に通され、茶菓を供されて四半刻が過ぎた頃である。

「笙兄さん、小泉様が」

琴の抑えた声が降って来た。

「思い詰めた顔をしているわ」

笙太郎は目を閉じて、気を集中すると、廊下を早足で行く小泉の姿が脳裏に映じた。

「小次郎と総三を呼べ」

小泉は出迎えた段田に命じた。

「それが……」

「如何致した」

段田は奈村の自害と総三の自訴を告げ、頭《こうべ》を垂れた。

愕然《がくぜん》として声を失った小泉は、段田の同行を許さず、独り、一室に引き籠《こも》った。

笙太郎は目を開けるなり、客間を飛び出した。

——早まってはなりませぬぞ。

廊下を駆ける笙太郎を、家臣らが狼藉者《ろうぜきもの》と思い、立ち塞《ふさ》がり、背後から羽交《はが》い締めにした。

「信濃守様がご自害なされようとしている、お止め致さねばなりませぬ」

笙太郎の言葉に家臣らは色を失い、一斉に廊下を踏み鳴らして駆け出した。

次々と高く音を立てて、部屋の襖が開けられた。

だが、小泉の部屋にもその姿はなかった。

「もしや、仏間では」

笙太郎が声を上げた。

家臣らは一斉に仏間を目指して駆け出した。

今しも、仏壇の前に座した小泉が着物の前をはだけ、懐紙に包んだ脇差《わきざし》を腹に突き立てようとしていた。

「殿、早まってはなりませぬ」

間一髪、家臣らが部屋に雪崩《なだ》れ込み、小泉を取り囲むようにして脇差を取り上げた。

「もはやこれまでじゃ、放せ、放さぬか、わしに恥をかかせるでない」

小泉が身を捩り、血を吐くような声を上げた。

「なりませぬ、信濃守様」

強く声を張り上げ、笙太郎は飛び込むようにして小泉の前に手を突いた。

「どうぞ、どうぞお心をお鎮めくださりませ。今ここでお腹など召されては、ご老中真部様の思う壺でございます」

「何者じゃ」

「奈村殿も総三殿も、決して、決して、信濃守様がお腹を召されるのを望んではおりませぬ」

「ええい、面を上げい」

小泉が顔を紅潮させた。

「信濃守様……」

笙太郎は顔を上げると、瞬き一つせず小泉を見つめた。

「叶……なぜ、かようなところに……」

小泉は思いがけぬように笙太郎を見た。

「国許が大きな災害に見舞われたと伺い、厚姫様の名代として、お見舞いを申し上げに推参仕りました」

「左様であったか」

「心よりお見舞い申し上げまする」

笙太郎は改めて神妙に頭を垂れた。

漸く落ち着きを取り戻した小泉が、傍らの家臣らに詫びるように頷きかけた。

それと察した家臣らが小泉から手を離し、後退《あとずさ》りした。

「かたじけない」

身を整えた小泉が笙太郎に柔らかな目を向けた。

笙太郎も一礼して、続けた。

「お考えくださりませ、昨夜の抜け荷がなぜ露見致したのか」

「叶、厚姫様の名代などと、真はわしに物申しに参ったか」

小さく笑うと、小泉は得心するように小刻みに頷いた。

切れ者の小泉である、おそらく、保身のために小泉を切り捨てようとした真部の真意に思い至ったのだろう。

小泉は家来一同を下がらせ、笙太郎と二人きりになった。

「叶は何もかも承知しているようだな……見苦しいところを見せた」

「何を仰せられまするか」

笙太郎は静かに首を横に振った。

「奈村と総三にはすまぬことをした」

小泉は天を仰ぐようにして強く眼を閉じ、真一文字に引き結んだ唇を血が滲むほど嚙み締めて、烈しい後悔の念を露《あらわ》にした。

「崇高様も案じておられまする」

すると、小泉が目を開け、困惑の色を浮かべて訊いた。

「父上は未だ成仏なさっておられぬのか」

「やはり、崇高様が果たせなかった若年寄昇進を勝ち獲ることで、崇高様は成仏できるとお考えだったのですね」

「そうではなかったのか?」

小泉が戸惑いながら訊いた。

「小泉様、崇高様を成仏させて差し上げたいとは思われませんか」

「いつか、舟の中でも同じ問いかけをして参ったな。だが、もはや幕閣として御役目を果たす道は途絶え、このわしにもいずれご公儀から切腹のご沙汰があるであろう。父上ともども、幽界を彷徨うしかあるまい」

小泉が自嘲の笑みをこぼした。

「崇高様が成仏できぬのは、ご出世が叶わぬ未練、悔恨を抱えたままこの世を去った故ではないと存じます」

「わからぬ、なぜそう思うのだ。父上は昇進の空手形ばかり摑まされた挙句に、凄絶な最期を遂げられたのだぞ」

小泉は再び瞑目《めいもく》した。

「わしは、亡き父上から御手伝普請の一部始終を承った……叶、そこは地獄絵図じゃぞ……」

苦しみ喘《あえ》ぐように言うと、小泉は眼を開けて、笙太郎を見据えた。

「どうぞお聞かせくださりませ」

笙太郎は肚《はら》を据えて手を突いた。

「わかった……」

小泉は一つ強く頷くと、静かに語り始めた。

「あれは父上が御手伝普請に出立する前の日のことであった……」


崇高が、ふと、目を上げると、いつの間にか日が翳《かげ》っていた。

ずっと根を詰めていて、時の経つのも忘れていた。

崇高は疲れた目元を指で押してから、呼び鈴を鳴らして腰元を呼び、行灯に火を入れさせた。

睨《にら》むようにして見ていたのは、畳の上に広げられた一枚の絵地図だった。

そこには、上野国と下野国《しもつけ》を国境にして流れる渡良瀬川《わたらせ》流域が描かれていた。

その上野国海老瀬《えびせ》村への出立を明日に控えた夕刻である。

一月前、安房青江藩主の小泉崇高に御手伝普請が申し渡された。

その内容は渡良瀬川の大規模な治水工事で、命じたのは時の老中、真部長門守だった。

拝命すると、直ちに現地に調査のための家臣を派遣する一方、江戸中の口入屋に声をかけて人足の確保に努めた。

此度の御手伝普請は、現地に赴き、実際に普請に携わらねばならず、その人手、道具、費用の一切を負担しなければならなかった。

最前から、風が強まったとみえて、小刻みに障子を震わせている。

立ち上がって障子を細めに開けると、冷たさを増した風が流れ込み、畳の上の絵地図がふわりと飛んだ。

西の空に黒雲が立ち籠めており、遠雷が低く轟いた。

――通り雨ならばよいが。

小泉崇高が心の内で呟いた時だった。

音高く濡れ縁を鳴らす足音が聞こえた。

崇高は両手で大きく障子を開けた。

「殿」

呼ぶ声は上擦り、顔を強張らせて、二人の武士がひざまずいた。

一人は江戸留守居役の段田五郎兵衛、今一人は、此度の御手伝普請の惣奉行に任命した、崇高の腹心である奈村恭一郎だった。

一刻ほど前に、老中奉書が届き、段田が登城していた。その報告だろうと予測がつくが、段田がもたらした、老中真部からの命令は思いもよらぬ内容だった。

屋敷替えである。

しかも、今日より三日の内に屋敷を明け渡し、新たな屋敷に移れという。

「明日は出立というのに、あまりにも理不尽。しかも本所柳原とは」

奈村が悔しげに吐き捨てた。

ここ、小泉崇高の屋敷は麻布広尾町にある。屋敷替えの相手は本所柳原の君島《きみしま》藩だった。

大川の東側に位置する本所は土地が低いので水害に見舞われやすく、叶うことなら屋敷替えをと、多くの大名が望んでいた。

聞けば、すでに君島藩は本所柳原の屋敷を引き払っているという。

露骨《ろこつ》な嫌がらせだが、崇高は愚痴《ぐち》を口にしなかった。大事の前に心を乱すのは得策ではないからだ。

これまでにも多摩《たま》川河川敷の工事、日光《にっこう》山社寺の改修、寛永寺《かんえいじ》の改修などの御手伝普請を引き受け、実績を積み重ねてきた。

そして、此度の渡良瀬川が流れる上野国は、老中真部の国許である。地元からはこれまでにも幾度となく真部に陳情が繰り返されていた。この御手伝普請を成し遂げることこそが若年寄に大きく近づく道となるはずだ。

崇高の夢は若年寄だった。すべては若年寄の地位をこの手中に収めるまでの辛抱である。

申し渡された期限内に屋敷替えを済ませた翌日、後のことは留守居役の段田に一任し、崇高は、百人を超す家臣団と、江戸中の口入屋に声をかけて漸く頭数を揃えることができた人足三百人を引き連れて、上野国へと出立した。

渡良瀬川は七曲がりと呼ばれるように、大きく蛇行して流れている。その中でも海老瀬村付近は屈曲を繰り返しており、氾濫《はんらん》を起こしやすい地形だった。

さらに、利根《とね》川が逆流すると、上流の堤防が頻繁に切れた。

公儀から命じられたのは、主に近年決壊した上流の堤防の修復と、流れを緩やかにするための開鑿《かいさく》だった。

崇高は、家臣と人足らの寝泊まりする本小屋《もとごや》を、海老瀬村より北に位置する細《ほそ》谷《や》村の広い空地に定めた。

本小屋の建築に先立ち、側近と人足頭を引き連れ、板倉《いたくら》沼を背景に深い森に包まれて佇《たたず》む雷電《らいでん》神社に参拝し、普請の無事と好天を祈り願った。

館林《たてばやし》藩主当時の綱吉《つなよし》から葵《あおい》の御紋の使用を許された雷電神社は文字通り雷除けと村の鎮守《ちんじゅ》の役割を担っていた。

本小屋の建築が始まり、敷地の周囲には竹矢来《たけやらい》を巡らせ、表門を設けた。普請場には「御用」と墨書した高札を打ち立てた。

工事は、明け四つに起床、六つに法螺貝《ほらがい》の合図で作業を開始した。

だが、工事は困難を極めた。

春は鉄砲水《てっぽうみず》である。雪解け水が天然の堤を決壊させ、みるみる水嵩《みずかさ》を増した濁《だく》流《りゅう》が木橋を洗い、遂《つい》には押し流してしまう。

夏、雷鳴が轟くと、雷が豪雨をもたらす。本小屋など板敷き板屋根の粗末な造りである。無数の雨粒が板屋根を叩けば、耳をつんざき、話し声などまったく聞こえなくなった。

雨が上がれば、蒸し風呂のような息苦しい蒸し暑さに身体の力が殺《そ》がれた。赤痢《せきり》が蔓延《まんえん》し、発熱、腹痛、そして下痢《げり》を催《もよお》す者が続出した。崇高の右腕である惣奉行の奈村恭一郎もその病に取り憑《つ》かれた。

崇高は、奈村を療養のために江戸に帰したいと公儀に願い出た。

だが、公儀からの回答は「否」、普請を停滞させることは罷《まか》りならぬという冷酷な返事だった。

夏の終わり、奈村は苦しみ抜いて息を引き取った。

奈村の希望で荼毘《だび》に付された。己の体内に巣食った病の素を道連れにしてやりたいと言い残していた。

秋は嵐の襲来である。自然の脅威の前では人智など塵《ちり》の如《ごと》しで、人々を恐怖と苦難のどん底に陥《おとしい》れてしまう。

渡良瀬川の堤を突き破り、溢れ出た濁流が枯れ野に突如姿を現わした。

その先端は白く波立ち、川の中州で左右に分かれ、再び合流する。その様は、まるで黒い暴れ龍の身体が二つに裂けて、再び、合体し、さらに巨大な龍へと変身したかのようだ。

川底に転がる岩や巨大な土の塊《かたまり》さえも転がし、餌《えさ》でも求めるかのように呑み込んで行く。

村の小さな祠《ほこら》のある一画が濁流の中に取り残された。見ると、巡礼の母と子が体を寄せ合い、助けを求めていた。

それを見て、小舟を出して救出に向かった男がいた。

だが、男を乗せた舟が辿《たど》り着く前に、暴れ龍が嘲《あざわら》笑うかのように母と子を呑み込み、男を乗せた小舟も呑み込んだ。

死んだ男は青江藩の蔵元、播州屋市兵衛で、奈村恭一郎と肩を並べる崇高の片腕だった。工事資金を調達して江戸からやって来た日の出来事だった。

工事を始めてから一年余、要した費用は一万両にも及び、漸く、渡良瀬川の流れを穏やかにする脇水路が完成した。

村人は工事の完成を祝い、笛太鼓を打ち鳴らし、酒を汲《く》み、唄い踊った。

「これで江戸に帰れる。若年寄の地位も得られる」

村人らと祝宴を催し、喜びを分かち合った翌日から秋の長雨《ながさめ》となった。雨は三日三晩、一度として止むことなく降り続けた。

遂に、鉄砲水が襲い、堤防が決壊、水路は押し流された土砂や流木で埋まり、すべてが元の木阿弥《もくあみ》となった。

工事はさらに一年余の歳月を重ね、多くの犠牲者と多額の出費の果てに御手伝普請が終わった。

だが、年の瀬に江戸に戻った崇高を待っていたのは、若年寄昇進は君島藩主という冷酷な現実だった。

師走の雪の夜、崇高は氷水のような大川に踏み入り、そのまま水底に没した。

凄絶な最期であった。


話を聞き終えた笙太郎はさすがに声を失っていた。

息苦しく、胸の奥底にはどろんとした鉛《なまり》のようなものが澱《よど》んでいた。

崇高が他界すると、公儀に願い出て、小泉家は惣領の吉之介が跡を継いだ。

ところが、跡を継いだ直後、小泉は老中の真部から御手伝普請を命じられた。

渡良瀬川水域の治水工事の完遂《かんすい》は「将軍家の悲願」、それが理由だった。

小泉家は、前例のない二代続けての御手伝普請を命じられたのである。

「普請場に己の足で立つと、父上が嘗《な》められた辛酸《しんさん》、その過酷さをつくづく思い知らされた……」

小泉は往時を振り返った。

渡良瀬川の治水工事は、崇高の時にも増して困難を極め、多くの人命を失い、巨費が瞬く間に費えた。

青江藩の経済は疲弊《ひへい》し、藩は風前の灯《ともしび》だった。

そんな時、吉之介と同じく播州屋の跡を継いだ総三が提案したのが、大坂堂島《どうじま》の米相場だった。

「わしは米相場の仕組みも絡繰《からく》りも全く知らぬ。総三に一任した」

小泉からすべてを託された総三は直ちに大坂に赴いた。

総三は商人としての智恵と経験、その人生を賭けて、一世一代の賭けに出た。

そして、見事に米相場で巨利を得て、戻った。

その金を元に、過酷な御役目を乗り切ったのだった。

「総三が持ち帰った千両箱が屋敷の中庭にうずたかく積み上げられた。それを目の当たりにした折の感情が如何なるものであったか、わしは何も思い出せぬのだ。歓喜でもなければ安堵とも違う。ただただ、茫然自失《ぼうぜんじしつ》となった記憶しか思い起こせぬのだ。叶、わかるか？」

問われて、笙太郎は即座に返す言葉が口を突いて出なかった。

それまで無頓着《むとんちゃく》だった経済の仕組みや絡繰りをまざまざと実感して、世の中を見る目が大きく変わった、ということだろうか。

御手伝普請の御役目を果たして江戸に戻った小泉は、辛い気持ちは胸の奥にしまい込み、爽やかな雰囲気を振り撒いて千代田の御城に出仕した。

だが、迎えた真部は一言の労いも口にせず、まるで亡霊でも見るような冷ややかな視線を向けるのみだった。

その時、体の奥で、ぷつんと、何かが切れる音を聞いた。

屋敷に引き返すと、主従であり、竹馬の朋《とも》でもある奈村小次郎と播州屋総三を呼んでこう決意を述べた。

「わしは若年寄になる。やがては老中の座もこの手中に収めたい」

金と権力を手中に収めなければ、小藩は公儀に翻弄《ほんろう》されるばかりだ、と。

奈村と総三の父も御手伝普請で命を落とした。

その悲惨な事実が、三人の絆をより強く結んだのだろう。

「しかしながら、信濃守様は、ただ権力の座を求めたのではないと、左様に推察仕りましたが」

笙太郎が問いかけた。

「叶、よう言うてくれた。その通りじゃ。われらには夢があったのだ」

小泉がその瞳に力を籠めた。

その時、笙太郎は、ふと、生温い風のような気配を感じた。

どこかに崇高が来ているとわかった。

「お聞かせください」

笙太郎は崇高とともに、小泉の思いを聞きたいと思った。

「御手伝普請とは、本来は公儀が執り行なうべき工事や事業を、将軍家の臣下たる大名が金と人手の両面で御手伝いをする、そういう意味ではなかったのか」

にもかかわらず、工事や事業の多くが、命じられた大名とその土地で駆り出される百姓や町人にのみ負担を強いている。

すべての領地は公儀から与えられたものである。なれば、御手伝普請という名のもとの工事や事業のための費用は、公儀が全額を拠出すべきで、そのための資金は、奢侈《しゃし》、贅沢《ぜいたく》を控え、蓄《たくわ》えるべきなのだと、小泉は力説した。

「わしはその改革を少しでも前に進めたかったのだ」

小泉は遠のいた夢を語った。

「その夢を叶えるため、巨悪の懐に飛び込む決意をなされた。そのために奈村殿と総三殿が選んだ手段が抜け荷だったのですね」

「わしは二人の提案を呑んだ。二人を信じていたからだ」

「奈村殿と総三殿にとっても、信濃守様を若年寄に押し立てることが、彼等なりの夢への挑戦であり、公儀への復讐でもあったのでしょう」

だが、抜け荷に利用した喜舟屋の船が秋草領内で風待ちをする羽目になったのは、大きな誤算だっただろう。

ころころと転がる手毬が目に浮かんだ。

それは、遠い日、愛宕神社の石段の下を闊歩《かっぽ》する青年時代の小泉らの前に転がった女児の手毬だった。秋草領内での風待ちは、あの時の手毬のように、足許を掬《すく》われる契機だったように思えてならなかった。

「改革を目指しながら、一方では法を破り、抜け荷に手を染め、権力者に擦り寄る……齟齬《そご》を来《きた》したとは思われませんでしたか」

「心の何処かでは気づいていた。だが、一度走り出したら、もはや引き返すことはできなかったのだ」

小泉は悔いを露にした。

「吉之介」

その声は笙太郎にのみ届いた。

笙太郎は中空に目を向けると、小泉もつられるように視線を向けた。

すると、不思議なことが起きた。

襖を擦り抜けるようにして現われた崇高の姿が、小泉の目にもはっきりと映じたのである。

「父上」

小泉は膝行《しっこう》して、崇高の側近くまで寄った。

「父上、お久しゅうございまする」

涙の目で見上げる小泉に、崇高は小刻みに頷き返した。

「吉之介、話はすべて聞かせてもらった。わしの飽《あ》くなき出世への我執が領民を苦しめ、吉之介、小次郎、総三、お前たちの道を誤らせた……痛恨の極みじゃ、許せ」

崇高は心から詫びた。

小泉は口許を真一文字に強く引き結んで、幾度となく首を横に振り続けた。

「父上も、さぞやご無念であったことでございましょう」

小泉の労りの言葉が胸に迫ったのか、崇高が絶句した。

「崇高殿……」

「私の存じ寄りの町方同心から耳に致しました。総三殿は奉行所に自訴した際に、商いを政争の具にしてはならなかった、私は道を誤ったと申したそうです」

笙太郎が言い添えた。

「総三と小次郎には返す返すもすまぬことをしたと思う。そして、安房の領民にもな……」

小泉が祈りを捧げるように瞑目すると、崇高も何度も頷き、

「何もかもが、やっとわかった……これで思い残すことはない……」

万感の思いを籠めて言い、瞑目した。

その時である。

表で大八車のものと思われる力強い車輪の音が聴こえた。それは何輛《りよう》もの車の音で、中庭の玉砂利を噛むようにして、車輪の音はさらに高く響いた。

笙太郎が立ち上がって、障子を開けた。

「信濃守様、ご覧ください」

笙太郎が庭を指し示した。

中庭に荷を満載した大八車が十数輛並び居て、車には俵《たわら》や木箱が満載されていた。

車を曳《ひ》いて来た男らが土下座をした。

小泉が濡れ縁まで出て来た。

「その方らは何者じゃ」

一行の責任者と思われる身形《みなり》のいい旅装の男が頭を下げた。

「私どもは渡良瀬川水域六箇村《ろっかそん》の者にございます。私は板倉村の名主、好吉《こうきち》でございます」

「して、それらの荷は何じゃ」

名主の好吉は、青江藩の領内で災害があり、甚大な被害があったと聞いて、心ばかりの支援をしたいと村人同士で話し合い、本日、こうしてやって来たのだと説明した。

小泉は、ぐっと、胸を詰まらせた。

「米、麦、大豆、それと野菜でございます」

「米、麦、大豆と申せば、その方らが万一に備え、水塚《みつか》に蓄えておいた大事な物ではないのか」

水塚とは、水害に悩む板倉村などに設けられた、食料を備蓄する建物で、堤防よりもさらに高く土を盛った塚を築き、その上に小屋を置いた。

「はい、今がその万一の場合でございます」

「なに」

小泉の胸はさらに熱くなった。

「米は貯蔵しておりました古米ですが、野菜は今年初めて採《と》れたものばかりでございます」

好吉が背後に目配せした。

百姓の一人が野菜の数々を盛った笊《ざる》を差し出した。

笙太郎が笊を受け取り、濡れ縁に置いた。

小泉が立て膝を突いて、野菜の一つ一つを手に取って見つめた。

蕗《ふき》、里芋、牛蒡《ごぼう》、長芋、葱《ねぎ》……。

「どれも良い色艶《いろつや》をしておる……さっそく国許に送り届けよう。その方らの志《こころざし》、この信濃、終生忘れはせぬぞ」

小泉は素直な気持ちで頭を下げた。

「もったいのうございます」

好吉をはじめ、一同も深々と頭を下げた。

「吉之介、うれしいのう、ありがたいのう……」

見守る崇高も胸を揺すぶられて、目を瞬《しばたた》かせていた。

「叶、諸事にかまけ、わしは大切なことを忘れていたようだ。いつも領民と家臣に支えられていた、そのことをいつしか失念していたのだ……」

小泉が笙太郎に目を向けた。

「ふと、そちの日記帖に書いてあった言葉を思い起こした。人は情けに拠《よ》りて生くるものなり……いまこそ、身に沁《し》みたぞ」

「吉之介、よくぞ申した」

小泉の気持ちを聞いた崇高は安堵を浮かべて、笙太郎を向いた。

「笙太郎、おぬしに最後の頼みがある、聞いてくれるか」

「何でしょうか」

「舟がいい」

崇高が遠くを見る目をした。

「崇高殿、それでは……」

笙太郎の問いかけに、崇高は穏やかな顔で頷き返した。

「舟で西方浄土に向かいたいのじゃ」

いま崇高は心置きなく成仏できると思っている。

「お見送り致します」

用意した小舟が堀割に浮かべられた。

笙太郎が乗り込み、櫓《ろ》に手を掛けた。

ゆっくりと崇高が乗り込んだ。

蟄居の身だが、見送りに出た吉之介は岸に膝を折り、手を突いた。

「父上、さらばでござる」

「吉之介、立派な野菜と米であったの。後で味わわせてもらうがよい。わしも食してみたかった……吉之介、そちはよくやった、よくやってくれた」

「父上……」

「ご公儀のお裁きを心静かに待て。お裁きが下された暁《あかつき》には、潔くそれを受け入れよ、よいな」

「ははっ」

「時が参った。別れよう、吉之介、一足先に待っておるぞ」

「父上」

吉之介は地べたに額を擦り付けるように、深々と手を突いた。

「爺さん」

いつの間にか、琴が姿を見せていた。

「おお、娘ではないか。色々と世話になった、礼を申すぞ」

「こちらこそ」

「見送りにきてくれたのか」

「私も一緒に舟に乗せて」

「よかろう、若い娘と一緒とは、楽しい舟旅になりそうじゃ」

崇高は目で舟を出すよう、笙太郎に告げた。

「吉之介様、それでは」

「父上を頼むぞ、叶殿」

笙太郎は棹《さお》で突いて舟を岸から離すと、棹を櫓に持ち替えた。

崇高を乗せた舟は、ゆっくりと大川を進んで、やがて、海に出た。

舟は西に向かった。

西の水平線に大きな夕陽が沈みかけていた。

その太陽に続く蜜柑《みかん》色にきらめく光の道を、舟は進む。

「娘、ともに行かぬか」

崇高が琴に穏やかな顔を向けた。

「あたしは琴。そろそろ覚えてね」

「ははは、とうとう叱られっ放しであったな」

「そのうち、すぐにまた、会えるよ」

「もう暫《しばら》くこちらにおるか。まあ、それも良かろう。せいぜい、修行致せ」

「はい」

琴は素直に返事をした。

「笙太郎、達者でな。琴、世話になった、漸く成仏できそうじゃ」

崇高は穏やかな顔で、大きく息を吸った。

すると、崇高の姿がゆっくりと薄くなり、やがて、消えた。

笙太郎は舟を漕ぐ手を止め、西の空に向かって手を合わせた。

琴も崇高の成仏を祈った。

笙太郎と琴は、いつまでも波にたゆたう舟の上で、沈み行く大きな西陽を見ていた。

五

その茶店は、江戸と川越《かわごえ》を結ぶ川越街道の下練馬宿《しもねりましゆく》から南に一丁ほど下がったところにあり、店の前には小川が流れていて、せせらぎが耳に心地よい。

この辺りにはかつて、五代将軍綱吉が建てた御殿があった。

茶店の周囲には三つ葉葵の紋所を染め抜いた幔幕《まんまく》が二重に張り巡らされ、警固の武士が幔幕の裏に潜《ひそ》んでいた。

遠乗りの帰りに、将軍がこの茶店に立ち寄る手筈になっていた。

この茶店周辺の警固を命じられたのが目付の若生寛十郎だった。

笙太郎は寛十郎の計らいで幔幕の裏に静かに控えていた。

「御成《おなり》でござる」

寛十郎の声が聴こえた。

幔幕のわずかばかりの隙間から、陣笠を被った将軍が早足でやって来るのが見えた。

将軍は、どかりと、緋毛氈《ひもうせん》を敷いた長床几《ながしょうぎ》に腰かけた。

寛十郎の指示で、茶店の主が飲み頃の茶とともに、長芋、牛蒡、里芋、蕗などの香り立つ煮物の皿を差し出した。

「うまい。これは地の物か」

一口食した将軍が、傍らに控える寛十郎に訊いた。

「畏《おそ》れながら、下練馬村の産物ではなく、渡良瀬川流域六箇村でこの春実った野菜にござりまする」

寛十郎が答えた。

「渡良瀬川水域と申せば、小泉の青江藩が治水工事を行なったのであったな」

「左様にござりまする。見事に御役目を果たされました」

「そうか」

将軍はまた一口、二口と旨《うま》そうに食した。

「だが、抜け荷で私腹を肥やすのは不届きぞ」

「そのことにござりまするが、お引き合わせ致したき者がござりまする」

「寛十郎が申しておった者だな」

「陪臣《ばいしん》にござれば、お目通りは叶いませぬゆえ、拙者《せつしや》の背後、幔幕の向こうに控え居りまする」

「時はないぞ。だが、苦しゅうない、幕の内に呼べ」

「ははっ」

寛十郎に招き入れられ、笙太郎は深々と手を突いた。

「上様のお許しが出た。手短に、しかし、胸の内にあるものを思う存分、申し述べてみよ」

寛十郎が笙太郎を促《うなが》した。

笙太郎は今一度深々と一礼すると、顔を上げ、瞬《まばた》き一つせず、将軍の背に向かい話し始めた。

「暮らしの宝である水油の抜け荷など、罪深い所業と存じます。しかしながら、さらに罪深きは、水油で私腹を肥やす者、水油を浪費し奢侈に耽《ふけ》る者、己《おの》が地位を守らんがために悪事を見逃した者らかと存じます」

「そのような者がおると申すか」

「御意《ぎょい》」

「続けよ」

「青江藩による抜け荷事件は、信濃守様並びにその一党のみの責ではござりませぬ。もとはと申せば、過酷な御手伝普請と、それを命じる者の心の闇に端を発したものでございまする」

「難しいことを申す。心の闇とは何じゃ」

「御手伝普請をちらつかせ、小藩を弄《もてあそ》び、いたぶる心でございまする」

「左様な者がおると申すか」

将軍の語気が強くなった。

「御意」

笙太郎は臆せず声を張った。

「心ない一言で過酷な命を受けた青江藩や治水工事に携わった者がどれだけの血と涙を流したことでござりましょうか」

「その責めは余にもあると申すのだな」

その一言に、さすがに笙太郎も即答をしかねた。

「御手伝普請の具申に、余は、『良きに計らえ』と申したのじゃ」

将軍が、その背に苛立《いらだ》ちを滲《にじ》ませながら、立ち上がった。

「お待ちくださりませ」

「控えよ」

寛十郎が声を張って笙太郎を制した。

「畏れながら、いま一言、いま一言申し述べたきことがござりまする」

「申してみよ」

「ただいま上様が召し上がられた野菜は、山津波で甚大な被害を蒙ったさる藩に差し伸べられた義捐《ぎえん》の品でございます」

「山津波とな？　それは何《いず》れの藩じゃ」

「安房青江藩でございます」

「む」

「渡良瀬川水域の百姓らは、青江藩の被災を聞き及ぶや、直ちに米や野菜を青江藩江戸屋敷に届けました。繰り返される川の氾濫で死んでいた土地に、四年がかりで実った野菜にござりまする。小泉様父子二代に亘《わた》る御手伝普請によって田畑が甦《よみがえ》ったことへ、百姓らが心から感謝をしているからこそでござりまする」

「…………」

将軍はじっと黙している。

「何輛もの大八車に満載された野菜と米俵を目になされた信濃守様と崇高様は、胸を熱くなされました。この心洗われる出来事こそが、真の御手伝、ご奉公の証かと存じまする」

笙太郎はそう結び、手を突いた。

将軍が振り向いた。

「面を上げよ」

言われて、笙太郎は顔を上げた。

「小言の申しようがよう似ていると思うたが、目許の辺りが寛十郎そっくりじゃの……出立じゃ」

将軍は寛十郎を伴い、足早に立ち去った。

笙太郎はその背に向かい、深々と一礼した。

去り際に、寛十郎が、ちらと、怪訝な目を向けた。

将軍は聞き流したようだが、寛十郎は鋭く聞き咎めたようだ。

笙太郎が思わず口にした「崇高様」という一言を。

後日、下された御沙汰《ごさた》は江戸城中を震撼《しんかん》させた。

真部長門守は老中を罷免《ひめん》、河内屋は死罪闕所《けっしょ》、菊島には大奥追放の処分が下されたのである。

評定所にて取調べを受けた真部は、こう嘯《うそぶ》いたという。

蓄財は奢侈を目的とするものではないが、権力の座に居続けるためには、財力が不可欠と考える、と。

小泉信濃守と播州屋総三は罪一等を減じられ、小泉は万石以下に減封の上、奥州伊達《だて》家預かり、播州屋は闕所の処分を受けた。

当初、小泉吉之介の死罪は免《まぬか》れまいと思われた。だが、渡良瀬川水域の治水工事を成し遂げたその功績は評価に値するとして罪一等を減ずるべきとの声が上がり、公儀はそれを受け入れたのである。

六

堀留町《ほりどめちょう》二丁目の通りから一筋奥まった処《ところ》にひっそりと佇む屋号のない店は、笙太郎がみつけたとっておきの蕎麦《そば》屋である。

屋号ばかりか暖簾《のれん》も掛かっておらず、店の主が言うには、蕎麦の香り、出汁《だし》の匂いが暖簾であり屋号なのだそうだ。

久しぶりの町歩きの後、ここで早い晩飯を済ませたところである。

熱い蕎麦湯で身も心も温《ぬく》もり、障子窓を細く開けて涼風を入れた。

通りを挟んだ向こう側に見えるこんもりとした森は杉《すぎ》ノ森稲荷《もりいなり》で、今日の昼間は富突《とみつき》で賑《にぎ》わった。

店を出た笙太郎は、堀留町と新材木町とを隔《へだ》てる、くの字に折れる小路を抜けた。杉ノ森神社道に出て、参道を辿り、参拝した。

夕暮れて、ふと、辺りを眺め回すと、人っ子ひとり、姿が見えないことに気づいた。

——これが逢魔《おうま》が刻《とき》か。

不気味な静けさである。

直後、ひんやりとした殺気を感じた。

笙太郎は油断なく周囲に注意を払いながら、杉ノ森稲荷に隣接する新材木町に入った。

新材木町は、その名の通り、中小の材木商が建ち並ぶ町である。

道沿いに建つ材木商から、木の香がぷんと鼻をつく。

笙太郎は歩みを止めた。

いつの間にか、行く手も背後も、職人姿の男らによって塞《ふさ》がれていた。みな、懐に手を忍ばせている。

どうやら職人の身形をしてはいるが、刺客のようだ。

とば口から前方を見透かすと、向こうが明るく見える。ここは、京の町家のように、店と店を貫《つらぬ》く〈通り道〉が作られているらしい。

その時、風を切る気配がして、笙太郎は咄嗟《とっさ》に物陰に身を屈《かが》めた。

間一髪、次々と飛来した棒手裏剣が笙太郎の間近に突き刺さった。

笙太郎は、その〈通り道〉に駆け込んだ。

背後で、ばらばらと、迫り来る足音が聞こえた。

横合いから、ずいっと、槍《やり》の穂が伸びた。

間一髪身を躱《かわ》すと同時にその穂先を摑み、引いた。

前につんのめった浪人を、鞘を払うや否や、その上腕を薙《な》いだ。

反対側から風を切った白刃は、真っ二つに叩き割った。

立てかけられた材木を押し倒し、追いすがる刺客らの行く手を遮《さえぎ》った。

一気に〈通り道〉を駆け抜ける。何軒かの店を通り過ぎると、きらきらとした水面《みなも》の光が眼を刺した。

堀割である。

通り道を抜け出て、笙太郎は蹈鞴《たたら》を踏んだ。その行く手に、さらに数を増した浪人者が白刃を構えていた。

「生きて帰すんじゃありませんよ」

野太い声が飛んで来た。

それは堀割に浮かんだ一艘の小舟からだった。見ると、舟の上に胡座《あぐら》を掻《か》いて河内屋九兵衛が煙管《きせる》を吹かしていた。

如何にしてお縄から逃れたのだろうか。

おそらく大奥に奉公に上がっていた娘から、逸早《いちはや》く公儀の動きを入手し、事前に逃亡、身を隠したのかも知れない。

多勢に囲まれた時には、確実に一人を追いつめて斃《たお》す闘い方を選ぶ――それが笙太郎の闘い方だ。

極力、刃を交えず、音無《おとなし》の剣で相手の脚や腕を斬り、戦意を喪失させていく。

「くっ……」

腕の立つ浪人の鋭い太刀筋《たちすじ》に、笙太郎が体勢を崩し、材木置き場に押し倒されたその時、飛来した石礫《いしつぶて》が浪人の額を打った。

浪人が顔を押さえた隙を逃さず、笙太郎は体勢を整え、浪人の腕を薙いだ。

修羅場《しゅらば》に躍《おど》り出た人影――村瀬だ。

「村瀬様」

「大丈夫か」

村瀬は素早い動きで相手を追いつめるや、反転して背後の者を斬り、さらに反転して、今一人を斃した。

村瀬は巧《たく》みに囲いの輪を崩して行く。やはり多勢と対峙した時の闘い方だ。

「笙太郎」

危険を報《しら》せる村瀬の叫び声が飛んだ。

と同時に銃声が轟いた。

舟の上から河内屋が発した銃弾は笙太郎の肩先を掠めて、背後の材木に食い込んだ。

笙太郎はまっしぐらに堀割に浮かぶ小舟に向かって駆けた。

河内屋は色を失い、慌《あわ》てて船頭に舟を出すように命じた。

笙太郎は跳躍して小舟の上に飛び乗ると、船頭を水に突き落とした。

大きく揺れる小舟の上で、笙太郎は河内屋と対峙した。

顔から血の気の引いた河内屋は、震える手で短筒を構えた。

「まさか、お前のような青二才に、表舞台から引き摺《ず》り下ろされるとは、思ってもいなかったわ……」

河内屋は、全身を悔しさで震わせながら、吐き捨てた。

さすがに怒りが込み上げた。

「金の亡者どものために、心ならずも人生の舞台から下ろされた者らの無念を何と心得る」

笙太郎は鯉口を切った。

それを見た河内屋が堀割に飛び込もうと身を翻《ひるがえ》した。

だが、素早く鞘を払った笙太郎の剣が、その背を深々と斬り下げていた。

河内屋は水音高く堀割に落ちて沈んだ。ひとしきり水面に泡が立ったが、それもやがて消えた。

水面を見つめる笙太郎の怒りは、やがて虚《むな》しさに変わった。

ふうっと、一つ大きく息を吐くと、懐紙で刀身の血糊《ちのり》を拭《ぬぐ》い、鞘に納めた。

「ほらよ」

村瀬が放り投げてよこした棹で、笙太郎は舟を岸に着けて降り立った。

「村瀬様、助かりました。ありがとうございました」

笙太郎が一礼した時、あちらこちらで捕り方の呼子が鳴った。

「おっと、お出《い》でなすったな。長居は無用だ」

村瀬は引き上げようとした足を止めて、振り返った。

「玉葱と長芋、あるか」

「ありません」

笙太郎が微笑《ほほえ》むと、村瀬は小刻みに頷いた。

「そりゃそうだ」

納得した顔で呟くと、懐手《ふところで》をして、通り雨でもよけるように肩をすぼめ、小走りで夕暮れの中に立ち去った。

笙太郎は微笑みを浮かべて、見送った。

七

その日、小泉吉之介は、大目付の坂入能登守の屋敷に呼び出された。お預かり先である伊達家江戸留守居役が臨席のもと、次のような命を受けた。

それは、伊達家に奉公するに先立ち、渡良瀬川水域六箇村から届けられた米や野菜を旧青江領内の被災地に届け、さらに一年をかけて、被災した村の復興に尽力致せ、という内容だった。

小泉は、家臣や領民の行く末を強く案じ、その暮らしを安んずることを、伊達家に対して強く願い出ていた。その願いが汲《く》み取られたのである。

「然《しか》る後に、奥羽に旅立つがよい」

「ありがたきしあわせ」

小泉は心からの謝辞を述べ、確《しか》と御役目を果たす所存を申し伝えた。

すでに藩主の身分ではなくなった小泉吉之介だが、かつての領民に詫びと礼を述べるため、そして被災地の復興のため、安房に向かった。

その小泉には、家財没収となった元播州屋の総三が同行し、総三の胸には奈村小次郎の位牌《いはい》が抱かれていた。

お志摩は、晴れて自由の身となった亭主の喜三郎と力を合わせて、「喜舟屋」を再興することを決めた。

五左衛門に思いがけぬ実入りがあった。

大枚叩いて買った鉢植えは、その大半を枯らしてしまったが、唯一残った鉢植えが思いがけない高値で売れたのだった。

小躍りする五左衛門の悪人顔の高笑いが実に不気味だったが、じっと見ているうちに、何故か愛《いと》おしく見えたりもした。

それでも、千春は内職を止めなかった。

いつまでも同じ繰り返しは止めて欲しいとは思うものの、三つ子《みつご》の魂《たましい》何とかではないが、そのうち五左衛門の中で今だけは眠っている博打《ばくち》への誘惑が再び目覚めるに違いないと思っているからだ。

「千春、案じるより鴨汁《かもじる》ですよ。今は手を休めませんか」

笙太郎の誘いに、千春が頷いた。

「おにぎりでも握って出かけましょうか」

千春が笑顔を向けると、いそいそと内職を片付け始めた。

琴は今頃どうしているだろうか。

笙太郎は縁側に出て空を見上げた。

「千春、雨が降ってきましたが」

「構いません、参りましょう」

背中から千春の声が返った。

花散らしの雨、桜流し……。

「旦那様、どちらに参りましょうか」

握り飯の包みを小脇に抱えた千春が声を弾ませた。

「大川を眺めましょうか」

「でも、桜はもう終わりですよ」

ここ浜町からは目にすることはできないが、墨田《すみだ》川堤の桜もこの雨でさらに散って、川面には無数の花びらが浮かんでいることだろう。

桜の咲く頃に幾つかの出会いがあり、桜の散る頃に幾つかの別れがあった。

人は桜を見るたびに、何かを思う。

ひとつ、ひとつの花びらに、誰かの思いが託されている。

花びらが川を流れ行く様は、あたかも、人の喜びや哀しみを、願いや祈りを、出会いと別れを、ゆっくりと押し流していくかのようだ。

笙太郎は歩みを進めた。

雨を見た時から決めていた。

雨やどりをして、千春と初めて出会ったお堂にでも行こう、と。

柔らかな雨に傘が鳴っている。

そして、笙太郎の背中で、いつか聞いた軽やかな下駄《げた》の音が聞こえた。

桜流し

一〇〇字書評

切り取り線

購買動機（新聞、雑誌名を記入するか、あるいは○をつけてください）	
□（　　　　　　　　　　　　　　）の広告を見て	
□（　　　　　　　　　　　　　　）の書評を見て	
□ 知人のすすめで	□ タイトルに惹かれて
□ カバーが良かったから	□ 内容が面白そうだから
□ 好きな作家だから	□ 好きな分野の本だから

・最近、最も感銘を受けた作品名をお書き下さい

・あなたのお好きな作家名をお書き下さい

・その他、ご要望がありましたらお書き下さい

住所	〒				
氏名		職業		年齢	
Eメール	※携帯には配信できません	新刊情報等のメール配信を 希望する・しない			

この本の感想を、編集部までお寄せいただけたらありがたく存じます。今後の企画の参考にさせていただきます。Eメールでも結構です。

いただいた「一〇〇字書評」は、新聞・雑誌等に紹介させていただくことがあります。その場合はお礼として特製図書カードを差し上げます。

前ページの原稿用紙に書評をお書きの上、切り取り、左記までお送り下さい。宛先の住所は不要です。

なお、ご記入いただいたお名前、ご住所等は、書評紹介の事前了解、謝礼のお届けのためだけに利用し、そのほかの目的のために利用することはありません。

〒一〇一‐八七〇一
祥伝社文庫編集長　坂口芳和
電話　〇三（三二六五）二〇八〇

祥伝社ホームページの「ブックレビュー」からも、書き込めます。
http://www.shodensha.co.jp/bookreview/

祥伝社文庫

桜流し《さくらながし》 ぶらり笙太郎江戸綴り《しょうたろうえどつづり》

平成28年3月20日　初版第1刷発行

著　者　いずみ光《ひかる》
発行者　辻　浩明
発行所　祥伝社《しょうでんしゃ》
東京都千代田区神田神保町3-3
〒101-8701
電話　03（3265）2081（販売部）
電話　03（3265）2080（編集部）
電話　03（3265）3622（業務部）
http://www.shodensha.co.jp/

印刷所　萩原印刷
製本所　ナショナル製本
カバーフォーマットデザイン　中原達治

Printed in Japan ©2016, Hikaru Izumi　ISBN978-4-396-34193-0 C0193

祥伝社文庫の好評既刊

いずみ光　さきのよびと　ぶらり笙太郎江戸綴り

もう一度、あの人に会いたい……若侍の前に現れた二人の幽霊の心残りとは？　前世《さきのよ》と現《うつつ》をつなぐ、人情時代。

坂岡　真　のうらく侍

やる気のない与力が〝正義〟に目覚めた！　無気力無能の「のうらく者」が剣客として再び立ち上がる。

坂岡　真　百石手鼻《ひやっこくてばな》　のうらく侍御用箱②

愚直に生きる百石侍。のうらく者・葛籠《つづら》桃之進が魅せられたその男とは⁉　正義の剣で悪を討つ。

坂岡　真　恨み骨髄　のうらく侍御用箱③

幕府の御用金をめぐる壮大な陰謀が判明。人呼んで〝のうらく侍〟桃之進が金の亡者たちに立ち向かう！

坂岡　真　火中の栗　のうらく侍御用箱④

乱れた世にこそ、桃之進！　世情の不安を煽《あお》り、暴利を貪《むさぼ》り、庶民を苦しめる悪を〝のうらく侍〟が一刀両断！

坂岡　真　地獄で仏　のうらく侍御用箱⑤

愉快、爽快、痛快！　まっとうな人々を泣かす奴らはゆるさねえ。奉行所の「芥溜《あくただまり》」三人衆がお江戸を奔る！

祥伝社文庫の好評既刊

坂岡 真
お任せあれ のうらく侍御用箱⑥
白洲《しらす》で裁けぬ悪党どもを、天に代わって成敗《せいばい》す！ のうらく侍、一目惚れした美少女剣士のために立つ。

坂岡 真
崖っぷちにて候《そうろう》 新・のうらく侍
一念発起して挙げた大手柄。だが、そのせいで金公事方が廃止に。権力争いに巻き込まれた芥溜三人衆の運命は!?

木村友馨
御赦《おゆる》し同心
北町の定廻り・伊刈藤四郎《いかりとうしろう》は、御赦し同心という閑職に左遷されるが……。熱い血潮が滾《たぎ》る時代小説。

小杉健治
花さがし 風烈廻り与力・青柳剣一郎㉗
少女を庇《かば》い、記憶を失った男に迫る怪しき影。男が見つめていた藤の花に秘められた想いとは……剣一郎奔走す！

小杉健治
人待ち月 風烈廻り与力・青柳剣一郎㉘
二十六夜待ちに姿を消した姉を待ち続ける妹。家族の悲哀を背負い、行方を追う剣一郎が突き止めた真実とは!?

小杉健治
まよい雪 風烈廻り与力・青柳剣一郎㉙
かけがえのない人への想いを胸に、佐渡から帰ってきた鉄次《てつじ》と弥八《やはち》。大切な人を救うため、悪に染まろうとするが……。

祥伝社文庫の好評既刊

小杉健治　真《まこと》の雨（上）　風烈廻り与力・青柳剣一郎㉚

野望に燃える藩主と、度重なる借金に疲弊する藩士。どちらを守るべきか苦悩した家老の決意は――。

小杉健治　真《まこと》の雨（下）　風烈廻り与力・青柳剣一郎㉛

完璧に思えた〝殺し〟の手口。その綻《ほころ》びを見つけた剣一郎は、利権に群れる巨悪の姿をあぶり出す！

小杉健治　善の焔《ほのお》　風烈廻り与力・青柳剣一郎㉜

付け火の狙いは何か！　牢屋敷近くで起きた連続放火。くすぶる謎を、風烈廻り与力の剣一郎が解き明かす！

辻堂　魁　春雷抄　風の市兵衛⑪

失踪した代官所手代を捜すことになった市兵衛。夫を、父を想う母娘のため、密造酒の闇に包まれた代官地を奔る！

辻堂　魁　乱雲の城　風の市兵衛⑫

あの男さえいなければ――義の男に迫る城中の敵。目付筆頭の兄・信正《のぶまさ》を救うため、市兵衛、江戸を奔る！

辻堂　魁　遠雷　風の市兵衛⑬

市兵衛への依頼は攫《さら》われた元京都町奉行の倅《せがれ》の奪還。そして、その母親こそ初恋の相手お吹だったことから……。

祥伝社文庫の好評既刊

辻堂 魁
科野秘帖　風の市兵衛⑭
「父の仇・柳井宗秀を討つ助っ人を」市兵衛の胸をざわつかせた依頼人は武家育ちの女郎だったことから……。

辻堂 魁
夕影　風の市兵衛⑮
兄・片岡信正の命で下総葛飾を目指す市兵衛。親友・返弥陀ノ介の頼みで立ち寄った貸元は三月前に殺されていた！

藤原緋沙子
梅灯り　橋廻り同心・平七郎控⑧
「夢の中でおっかさんに会ったんだ」――生き別れた母を探し求める少年僧・珍念《ちんねん》に危機が！

藤原緋沙子
麦湯の女　橋廻り同心・平七郎控⑨
奉行所が追う浪人は、その娘と接触するはずだった。自らを犠牲にしてまで浪人を救う娘に平七郎は……。

藤原緋沙子
残り鷺《さぎ》　橋廻り同心・平七郎控⑩
「帰れない……あの橋を渡れないの……」謎のご落胤《らくいん》に付き従う女の意外な素性とは？　シリーズ急展開！

藤原緋沙子
風草の道　橋廻り同心・平七郎控⑪
旗本の子ながら、盗人にまで堕ちた男が逃亡した。非情な運命に翻弄された男を、平七郎はどう裁くのか？

祥伝社文庫　今月の新刊

安東能明
限界捜査
『撃てない警官』の著者が赤羽中央署の面々の奮闘を描く。

石持浅海
わたしたちが少女と呼ばれていた頃
青春の謎を解く名探偵は最強の女子高生。碓氷優佳の原点。

西村京太郎
伊良湖岬《いらごみさき》　プラスワンの犯罪
姿なきスナイパーの標的は？　南紀白浜へ、十津川追跡行！

南　英男
刑事稼業　強行逮捕
食らいついたら離さない、刑事たちの飽くなき執念！

草凪　優
元彼女《モトカノ》…
ふいに甦った熱烈な恋。あの日の彼女が今の僕を翻弄する。

森村誠一
星の陣（上・下）
老いた元陸軍兵士たちが、凶悪な暴力団に宣戦布告！

鳥羽　亮
はみだし御庭番《おにわばん》無頼旅
曲者三人衆、見参。遠国御用道中に迫り来る刺客を斬る！

いずみ光
桜流し　ぶらり笙太郎《しょうたろう》江戸綴《つづ》り
名君が堕ちた罠。権力者と商人の非道に正義の剣を振るえ。

佐伯泰英
完本　密命　巻之十一　残夢　熊野秘法剣
記憶を失った娘。その身柄を、惣三郎らが引き受ける。

井川香四郎　小杉健治　佐々木裕一
競作時代アンソロジー
欣喜《きんき》の風
時代小説の名手が一堂に。濃厚な人間ドラマを描く短編集。

鳥羽　亮　野口　卓　藤井邦夫
競作時代アンソロジー
怒髪《どはつ》の雷
ときに人を救う力となる、滾る〝怒り〟を三人の名手が活写。